新金剛 內院寺 詩選

(原題 : 소금강내원사시선)

新金剛 內院寺 詩選

(原題 : 소금강내원사시선)

佛紀 二九四七年 庚申 鏡峰禪師 住持時 撰集(1920)

소금강 내원사 전경 6.25때 소실되었으나 1958년 화산(華山)당 수옥(守玉)스님이 재건했다.

靈鷲叢林 通度寺

新金剛 內院寺 詩選

佛紀 二九四七年 庚申 鏡峰禪師 住持時 撰集(1920)

인쇄 불기 2568(2024)년 05월 01일
발행 불기 2568(2024)년 05월 15일

발행처 영축총림 통도사 경봉문도회
주 소 경남 양산시 하북면 통도사로 108
영축총림 통도사 극락암
저 자 춘담문인 해담 등
펴낸곳 도서출판 통도
편 집 맑은소리맑은나라

출판등록 2022년 10월 31일 제 2022-000016 호
주소 경상남도 양산시 하북면 통도사로 108
전화 055-382-7182

ISBN 979-11-983970-0-3 (03800)
값 22,000원

천성산 (2014년 2월)

천성산 화엄벌

序 文

《신금강내원사시선집》은 불교의 깨달음 세계를 금강산과 천성산의 아름다움과 함께 노래한 훌륭한 문화유산文化遺産입니다. 유구한 역사를 함께한 영축총림 통도사와 천성산 아니 신금강新金剛 내원사內院寺는 자연 그대로 세계문화유산이며, 그 도량에서 석가모니의 깨달음 세계를 다음 세대에게 잘 전달해야 할 커다란 사명감으로 이 시선집을 준비한 관계자들의 노고勞苦를 치하致賀합니다.

불교는 인류가 간직해야 하는 지고지순至高至純한 인문학人文學의 세계와 불생불멸不生不滅의 붓다의 깨달음으로 승화昇化한 훌륭한 문화유산입니다. 또 시선집詩選集에 등장하는 앞서 살다간 도속道俗의 율시律詩를 지으신 분들, 그 어른들이 남긴 시는 선인들의 발자취를 더듬을 수 있는 소중한 근거자료입니다. 2012년부터 동국대학교 불교학술원에서 시작된 「불교기록문화유산 아카이브 사업」에 의해 불교문헌들이 디지털화 되면서 멸실滅失될 뻔한 자료들이 저장되어 선대 어른 스님이 남겨놓은 금쪽 같은 자취들이 고스란히 기억되고 저장되어 문화유산을 검색하게 되고, 천년 전의 역사를 오늘의 세대들에게 일깨우는 계기가 된다는 것을 알게 되었습니다. 그래서 더욱더 없어지기 전에 자료를 잘 저장할 통도사 성보박물관의 수장고收藏庫도 그 사업의 당위성當爲性과 중요성을 기억해야 할 것입니다.

앞으로도 이러한 소중한 선인先人들의 남긴 행적行蹟과 불교의 가르침을 자연과 호흡하는 시의 세계로 승화시킨 문화유산을 보호하고 계승하여 인문학의 자료로 만대에 유전流傳하는데 우리 모두 힘을 모아서 지키고 후대에 전하도록 노력합시다.

佛紀 2568년 甲辰年 孟春

靈鷲叢林 通度寺 正偏殿 宗正 中峰性坡 謹識

序

이번《신금강내원사시선집新金剛內院寺詩選集》은 불기 2547년 경신庚申에 경봉선사鏡峰禪師가 주지로 취임시就任時 선사禪師의 신금강개발新金剛開發과 큰 덕화德化를 통도사通度寺 대덕스님 위주爲主로 전국의 명현유사名賢儒士들과 운자韻字를 돌려 동참케 해서 지은 백 칠십여 수百七十餘首를 모은 선가禪家에서 보기 드문 율시집律詩集이다.

율시律詩는 유사儒士들의 전유물專有物로써 문율文律에 속하고, 선가禪家는 탈속脫俗하여 일체분택一切粉澤을 쓸어버린 불립문자不立文字 유현幽玄의 범주이다. 그래서 시詩와 선禪은 물과 기름처럼 그 본질本質에 어울릴 수 없다. 그러나 시인詩人은 선객禪客에게 문장文章을 가르쳐서 하얀 비단에 꽃을 수繡놓을 수 있는 꺼리를 제공해주고, 또한 선객禪客은 시인詩人에게 벽옥璧玉을 자르는 보검寶劍을 빌려주어서 선리禪理 속에 시심詩心을 담고 시심詩心 속에 선리禪理를 담아내니, 이렇게 서로 합작하여 시선일여詩禪一如의 우아優雅한 걸작이 나온다.

이 시집 속에 구하노사九河老師의

懸泉怒瀑初疑雪 疊石飛巖竟起峰

허공에 매달린 듯 샘물은 성난 폭포 되어 처음엔 눈 내린 줄 의
심했고
겹겹이 포개진 바위 앞에는 나는 듯 산봉우리가 일어나네.

경봉노사鏡峰 老師의
瀑落巖頭飛白玉 雲捲天末現群峰
폭포가 떨어지니 바위에는 백옥가루 흩날리고
구름 걷힌 하늘 끝에 뭇 봉우리 나타나네.

함연구頷聯句는 신금강新金剛을 울리는 영산靈山에 풍류風流요 소림少林의 곡조曲調이다. 그 누가 몇이나 알랴! 근세近世 영축산靈鷲山 통도총림通度叢林에서 능문능선能文能禪한 그 많은 선장禪匠들이 무현금無絃琴으로 장주莊周의 호접곡蝴蝶曲을 튕기면서 소금강小金剛을 창출創出했다는 격조格調 높은 선시禪詩의 진소식眞消息을.

영축 통도사靈鷲 通度寺 도량道場은 아직도 구하九河 경봉鏡峰 노사老師의 수택手澤 묻은 선구시문禪句詩文이 주련柱聯에 달려 공간空間을 매우면서 찬연燦然히 빛나고 있다. 종조宗祖가 고명高明하면 자손子

孫도 자연自然 광대光大해지는 것이니 통도문손通度門孫은 열심히 선시禪詩를 익히고 깨달아서 영축도량靈鷲道場에 영산풍류靈山風流와 소림곡조少林曲調가 면면綿綿히 이어지기를 바랄 뿐이다.

거년去年 여름에 화엄학인華嚴學人 반산화상盤山和尙이 이 시집詩集을 받들고 와서 번역飜譯을 해달라 재촉하기에 번역은 나의 분외사分外事지만 삼가 접接하면서, 시심詩心이 불심佛心인가? 불심佛心이 시심詩心인가? 먼- 날 시심詩心의 불씨가 되살아나 선열禪悅의 울림에 빠져들기도 했다. 덕민德旻은 박복薄福하여 구하九河 경봉鏡峰 두 분 노老스님을 모시고 직접 시문詩文을 익히지는 못했지만, 이 시詩를 반복음독反復吟讀 하면서 조석朝夕으로 배시陪侍한 듯 노老스님의 가사袈裟자락에 묻히기도 했다. 번역飜譯이 잘못된 부분은 후인後人의 질증叱證을 기다린다.

불국사대학원장佛國寺大學院長 덕민德旻 구배九拜

發刊辭

통도사의 선지식 경봉鏡峰대선사가 수집하고 친필로 남기신 《신금강내원사시선》은 1930년대 내원사 주지로 계시면서 천성산千聖山의 풍광風光을 신금강新金剛이라 부르면서 불교의 선문화禪文化를 주제로 당시에 선사, 세속문필가 들의 한시를 모아 운자韻字를 정하고 시상詩想을 지어서 170여 수를 모은 귀한 자료이다. 이 시선집에는 통도사의 중흥조 성해聖海 대선사, 구하九河 큰스님, 경봉鏡峰 대선사 월하月下 종정예하와 벽안碧眼 큰스님, 범어사 오성월吳惺月 송광사 향봉香峰 큰스님 등 여러 어른 스님과 당시의 양산군수 한영렬韓榮烈, 위암韋庵 장지연張志淵, 또 한학자 이가원李家源, 이항녕李恒寧 거사 등 그리고 독립운동가, 옥천사 채서응蔡瑞應 건봉사乾鳳寺 강사 이만허李滿虛 허몽초許夢草 등 승속을 아우르는 많은 분들의 시를 모은 한시집漢詩集이다. 이는 아마도 한시漢詩를 자유자재로 지었던 마지막 세대世代의 시선집이 아닐까 생각된다.

이번 시선집의 출간에 산중의 어른이시고 종단宗團의 대종장大宗匠이신 종정宗正 예하猊下께서 세심한 배려를 해주셔서 시선집이 더욱 두텁고 무거워져서 영축산 도량이 성해聖海 문인門人 구하九河 경봉鏡峰 두 노사께서 사자후師子吼 하시던 때로 돌아간 듯 하여 옷

것을 더욱 여미게 된다. 이번 시선집 발간을 위해 애써주신 불국사 대학원장 덕민德旻 강백講伯과 극락암 선원 감원監院 관행觀行스님, 또 심부름하던 화엄학자 반산盤山스님의 노고勞苦에 치하致賀하면서 불지종가佛之宗家 영축산과 신금강新金剛이라 불리던 천성산千聖山을 더욱 소중하게 가꾸어 만대萬代에 유전遺傳해야 함을 다시한번 절감케 한다.

불기 2568년 경봉대선사 열반 42주기週忌를 추모追慕하며

산중노덕山中老德 비로암毘盧庵 원명지종圓明智宗 분향焚香

인 사 말

이번《신금강내원사시선新金剛內院寺詩選》을 읽어보면 경봉鏡峰대선사께서는 당대當代의 선지식이면서 영축산과 천성산, 그리고 금강산을 사랑하시고 아끼신 분이셨음을 알 수 있습니다. 대선사의 1920년대에 쓰신 글「양산梁山의 신금강新金剛」을 읽어보면 지금의 노전암爐殿庵 일대가 본래 이름은 대둔사大芚寺였고, 일제 때에 존재했던 대둔사 사찰이 6.25때 소실燒失되었고, 당시에 내원암이었던 곳이 1958년에 이르러 비구니계의 선지식으로 널리 알려진 화산당華山堂 수옥守玉스님의 원력으로 오늘날의 내원사로 다시 재건되었으니, 그 과정에서 물심양면物心兩面으로 수옥守玉스님의 중창불사를 적극 지원하신 분이 바로 경봉스님이셨다는 점입니다.

더욱이 해담율사海曇律師 서문에 의하면 당唐나라 이정(李靖, 571-649) 장군이 曰, "願生高麗國 一見金剛山"라 하고는 죽은 뒤 혼백이 되어 조선국 신관호(申觀浩, 1810-1884) 댁의 아들로 태어나고, 소년으로 북관北關 방어사防禦使가 되어 금강산을 구경하고는 집에서 죽어 혼백과 함께 시신屍身마저 사라져서는 "願生辰韓國 一見千聖山"이란 말을 남겼는데, 생生을 바꾸어서 다시 한강 이남의 교남嶠

南 땅 김씨金氏 가문에 태어나 출가하여 승려가 된 사람이 바로 경봉선사란 말을 하였는데, 이런 시집을 글로 남겨서 전하는 것을 보면 해담海曇 스님의 말씀이 그냥 칭찬으로 하신 말만이 아닌 탁견卓見이란 생각이 듭니다.

위의 설화說話에서 본 것처럼 경봉선사께서는 밀양密陽에서 태어나 통도사로 출가하여 성해聖海 선사先師를 스승으로 승려가 되어 도道를 이루시었고, 더욱이 시문詩文에 능하셔서 수많은 한시漢詩와 명품 선필禪筆을 남기셨고, 자연의 풍광風光을 불교의 깨달음으로 승화해서 노래한《원광한화집圓光閑話集》과《삼소굴일지三笑窟日誌》를 비롯한 많은 기록을 남기신 것입니다.

이 시선집을 통해서도 영축산과 천성산을 그 누구보다 사랑하신 것을 알 수가 있습니다. 불교의 대표적인 스님뿐만 아니라 일제 때 독립운동하던 분과 신심 깊은 재가불자들, 그리고 자연을 노래하던 시인묵객들과 가까이 하였음도 이번의 시선집으로 밝혀지게 된 것입니다. 아무쪼록 한 분의 걸출傑出한 선지식이 사시던 발자취는 세월이 갈수록 빛을 발한다는 것을 되새기는 계기가 되었고, 불교와 자연을 노래하면서, 지금은 가볼 수도 없는 북한北韓의 금강산을 대신해서 천년의 도량 영축산과 천성산을 더욱 아끼고 다음 세대에 전하는 일에 더욱 힘을 기울이자는 말씀을 남기면서 인사말에 가름합니다.

불기佛紀 2568년 갑진년甲辰年 4월

경봉문도회장 원산도명圓山道明 분향구배焚香九拜

신금강시선 서 新金剛詩選 序

是日 內山住持金鏡峰 請余作新金剛千聖山詩 與序故 余方與客談道 兀然收襟整坐曰 古人云, 名可名 非常名矣 此山之名 有三焉 則一曰, 圓寂山 何名此也 華言圓寂 梵語涅槃 是謂正法眼藏 涅槃妙義 常住說法之道場 故稱也 二曰, 千聖山 何名此也 革凡成聖 是謂新羅代元祖師擲盤 救唐京都法雲寺法侶 時率千人 入此山修道成聖 故稱也 三曰, 新金剛山 何名此也 譬猶堅固不壞 是謂三學滿足 金剛不壞之法體圓成 故稱也 然則此山之名 眞可謂名不可虛得者也夫

오늘 내원사 김경봉스님이 나에게《신금강산 천성산시선》의 서문을 청하기에 내가 바야흐로 객비구들과 도를 논하다가 언뜻 옷깃을 거두어 여미고 말하였다. "노자老子께서 이르되「이름을 붙여 버리면 영원하고 진실한 이름이 될 수 없다」라고 하면서도, 이 산의 이름은 세 가지가 있으니, 그 첫째는 원적산圓寂山이라 어째서 이런 이름이 있는가? 중국 말로 원적圓寂이라 하고 범어로는 열반涅槃이라 하나니 이것은 정법의 눈을 갖추고 열반의 미묘한 마음이 항상 머물러 설법하는 도량인 연고로 이렇게 부른 것이다. 둘째는 천성산千聖山이라 어째서 이런 이름이 있는가? 범부를 바꾸어 성인으로 만든다는 뜻이다. 이것은 이르되, 「신라시대 원효元曉 조사께서 널빤지를 던져서 중국 당唐나라 서울의 법운사法雲寺 구법 승려들을 구하였으니, 그 당시 천 분의 승려를 이끌고 이 산중으로 들어와 수도修道하여 모두 성인이 된 연고로 이렇게 부른 것이다.」 셋째는 신금강산新金剛山이라 어째서 이런 이름이 있는가? 비유컨대 견고하여 무너뜨리지 못함이 금강석과 같아서 이것은 계 · 정 · 혜 삼학을 만족하고 금강석처럼 파괴되지 않는 법의 몸을 원만한 연고로 이렇게 부른 것이다. 그렇다면 이 신금강산新金剛山이란 이름은 진실로 가히 헛되게 얻은 이름이 아니로다."

客曰, 傳來之言 此山皆云小金剛 今云新金剛者 此新與小二字何意也 余曰, 朝鮮一境內江原道 有一最大金剛山 超世擅名者舊矣 故對彼山云小 亦云新也 又問曰, 唐時李靖作詩曰, 願生高麗國 一見金剛山 指此山耶 指彼山耶 答曰, 彼山是也 故李靖歸後 托魂於朝鮮國申判書(申觀浩先祖云)宅 少年爲北關防禦使 而回路見彼金剛山 而歸家 卽其夜乘化而尸 突不離故 申判書使婢 問金春澤之輓曰, 北邙山下少年冟 而輩如今莫說愿 申氏郞家才行士 明朝送葬出東門 此詞對尸一讀 尸卽離 突云, 自是之後 彼山之名 益現於世界也

객 비구가 이르되 "전하여 온 말씀에 이 산을 모두가 작은 금강산이라 하였는데 지금에 신금강산新金剛山이라 하였다. 여기서 신新은 소小자와 함께 무슨 의미인가?" 내가 말하되, "조선국 경계 안의 강원도에 최대의 금강산이 있으니 세상에서 탁월한 이름으로 부른 것이 오래 되었다. 그러니 저 금강산과 대비하면 작다는 뜻이요, 또한 새롭다는 뜻이다." 또 묻기를, "당唐나라 때 이정李靖이란 장군이 시를 지어 말하되「원컨대 고려국에 태어나 한 번이라도 금강산을 구경하고 싶도다.」라 하였으니 여기의 신금강산을 말한 것인가? 저기의 금강산을 말한 것인가?" 대답하되 "그것은 저기의 금강산이 맞으리라."고 하였다. 이런 까닭으로 이정李靖 장군이 죽은 뒤, 혼백으로 조선국 신관호申觀浩[1] 판서 댁에 의탁해 태어났다. 소년시절에 북관北關 방어사가 되어 돌아오는 길에 저 금강산을 보고서 집에 돌아와 곧 그날 밤 죽어 주검이 되었으나 돌연히 혼백과 함께 시신도 사라진 연고로 신판서申判書가 노비를 시켜서 김춘택金春澤[2]의 만장輓章시에 묻되 "북망산北邙山 아래 소년을 찾아도 사람들은 지금도 원인을 알지 못해라. 신씨 가문의 재주 있는 이가 명明나라 조정에 장례를 하기 위해 동문으로 나갔도다"고 하였다. 이 만장의 주검에 대하여 한 번 읽어보니 곧 시신은 사라져 버린 것이다. 돌연히 이르되 "이런 이후에 저 산의 이름이 더욱 세상에 알려졌다!"고 하였다.

---

1) 신관호(申觀浩, 1810-1884) : 조선후기 禁衛大將, 훈련대장, 외교가. 본관은 平山. 초명은 申觀浩. 자는 國賓, 호는 威堂 · 琴堂 · 東陽

2) 김춘택(金春澤, 1670-1717) : 조선후기 文臣. 본관은 光山. 자는 伯雨, 호는 北軒. 시호는 忠文. 김만중의 「구운몽九雲夢」과 「사씨남정기謝氏南征記」를 한문으로 번역하고, 글씨에도 뛰어나다.

客曰, 彼山如是益現 此山如何是晩也 余良久 笑云, 凡事不啻 皆有次序 亦爲撿較前事 則申家才郎生存必是 又作詩云, 願生辰韓國一見千聖山 而歸後又托神於嶠南金氏家 而出家爲僧 今作千聖山內院庵住持 周覽此山 特以新金剛發明 則今之此山 發明者住持金鏡峰 卽其朝鮮申氏郎之前身也 前日彼山益現者 才行申郎 卽其唐代作詩李靖之前身也 客聞之莞爾而笑 不與語而去 余於是也擲筆又口號其詞曰,

객 비구가 말하되, "저 금강산이 이처럼 더욱 나타났는데 이 신금강산은 어찌하여 늦었는가?" 내가 한참 있다가 웃으면서 말하되, "범상한 일은 그때 뿐이 아니라 대개는 순서가 있고 또한 앞의 사연을 비교해서 살펴보면 신申씨 가문의 소년은 생존한 것이 분명하다." 또 시를 지어 말하되 "원컨대 해동의 한국에 태어나 천성산 한 번 구경하기를 바라노라."고 하였으니 죽은 뒤에 또 귀신으로 교남嶠南 김씨 가문에 의탁하여 태어나 출가하여 승려가 되었고 지금은 천성산 내원암의 주지가 되었다. 이 산을 두루 보고서 특별히 신금강산이 곧 지금의 이 산임을 밝혀준 이가 바로 주지로 있는 김경봉金鏡峰이니 곧 조선조 신申씨의 전신前身인 것이 밝혀졌다. 과거에 저 산을 더욱 드러낸 것은 신씨 총각이니 곧 그 당

---

3) 이정(李靖, 571-649) : 중국 唐代 將軍, 중국 섬서성 長安 출생. 이정은 隋나라 말기 군사를 일으킨 唐 高祖와 아들 李世民에게 협력하였다. '願生高麗國 一見金剛山' 은 그의 시에 나온다. 근래에 이 말은 宋代 소식(蘇軾, 호는 蘇東坡)의 시라 전하기도 한다.

나라 때 시를 지은 이정李靖3)의 전신前身이다. 객 비구가 듣고서 빙그레 웃으면서 더불어 말하지 않고 갔으므로 내가 그때 또한 붓을 던지고 헤어졌다. 또 입으로 그 만장輓章의 글을 부르면서 말하되,

即看金剛彷彿容　藤門不絶着蹬笻
鍊心道骨人千聖　削玉精神石萬峰
澗送寒聲風在樹　洞藏春色雨餘松
向他欲道神奇蹟　天女華坪與藁鍾

"언뜻 보아도 저 금강산과 너무 닮은 모습이여
등넝쿨 얽은 문에 지팡이 소리 끊이지 않네.
마음 수련하던 도골道骨은 천 분 성인이 되고
옥을 쪼으던 정신은 모든 봉우리의 돌이 되었네.
시냇물은 찬 소리 내고 바람은 나무 끝에 스치니
동천에 봄빛 감추니 빗물은 소나무에 흥건하네.
그대 향하여 진기한 자취 말하려 하는지
천녀는 땅에 핀 꽃을 짚북재의 종에게 주는 듯!"

庚申年(1920) 仲春上浣　春潭門人 海曇 謹誌

1920년(경신년) 중춘 상순에

춘담선사 제자 해담은 삼가 기록하다.

신금강천성산운서 新金剛千聖山韻序

夫觀山之法 不亶在乎 峰之高而谷之深而止也 必先察乎 其來脈之雄渾沈滯 盤勢之明媚陰森而後 乃及于嵯峨嶙峋等 雜評有似乎相人之先察其氣 而後相其貌也 由來我東環域之名山巨嶽 莫不受派於不咸 而就中最著於世者 卽江原道之金剛是也 金剛之餘脈 蜿蜒于東鮮海峽六百餘里 至洛水北二舍許 結晶而成叅天之數峰 與靈鷲金井兩山 稱謂甲乙焉 其來脈也 雄渾而淸健 其盤勢也 明媚而秀麗 有龍盤虎踞之奇狀 至若競秀之千巖 爭流之萬壑 髣髴于金剛之氣像 故世以小金剛 稱焉 卽梁州之千聖山是也

대저 산을 감상하는 법은 봉우리의 높은 것만 보거나 골짜기의 깊이에 그치는 것이 아니다. 반드시 그 흘러온 산의 맥이 웅대함을 살펴보고 물소리가 잠겨들고 반석에 드리운 세력이 분명함을 보아야 하고, 그늘 드리움이 아름답고 뛰어난 뒤에 비로소 우뚝 솟거나 깊고 가파르고 뛰어난 등까지 함께 평해야 하나니, 사람의 상을 볼 때 먼저 그 기상을 살핀 이후에 그 모양을 보는 것과 같다. (소금강산의) 유래由來는 우리네 해동 강역 중에 유명한 산과 산맥이 흘러와 줄어들지 않고서 세상에 으뜸으로 정착된 것은 강원도 금강산金剛山이 그것이라, 이런 금강산의 여맥餘脈은 꿈틀대면서 동으로 조선반도 해협 6백여 리에 이르고 낙동강 북쪽 60리 정도에 이르러 하늘 높이 여러 봉우리를 이룬 것이 영축靈鷲과 금정金井의 두 산이 되어 갑과 을로 일컬어왔다. 그 흘러온 산맥은 웅혼하면서 맑고 그 암반의 세력이 강건한 중에 그 풍치風致가 아름답고 수려함은 용이 휘감고 호랑이가 웅크린 형상과 같나니, 빼어남을 자랑하는 듯한 수천 개의 암석에까지 다투어 흐르는 수많은 골짜기가 마치 금강산의 기상과 비슷할 정도이다. 그래서 세상에서는 〈작은 금강산〉이라 칭해 온 것이니 바로 양산梁山의 천성산千聖山이 그것이다.

去鷄林中葉 我元曉祖師 與一千法侶 來住此山 同證菩提之道場 故曰千聖 而其煙霞 水石之美 眞不愧於金剛之稱矣 當日曉師 垂拂講法之迷庵淨剎 迨今散在於藤蘿叢柱之間 而世遠年深 人去山空 遂使法筵 久埋道帙 長擯孤峯 獨出成閑 孤立於春風秋月之間 而無聞於世者久矣

지나간 (신라대) 계림 중엽에 우리네 원효조사元曉祖師4)가 도 닦는 승려 천여명과 더불어 이 산중에 오서서 함께 깨달음을 증득한

4) 원효(元曉, 617-686) : 신라대 和諍國師, 성은 薛씨 휘는 誓幢 별호는 小性, 卜性, 압량군 佛地村(지금의 경산 자인면) 사람. 25세에 皇龍寺로 출가하고, 650년 義湘과 함께 入唐求法을 시도하다가 당항성(지금의 인천 南陽灣)에 이르러 髑髏水를 먹고 '一切唯心' 의 도리를 깨닫다. 686년 경주남산 부근 穴寺에서 세수 70세로 入寂. 고려 숙종이 '大聖和諍國師' 라 追諡하다.

도량인 연고로 (이곳을) 천성산千聖山이라 칭하였다. 그 골짜기의 안개나 물과 바위의 아름다움은 금강산이라 부르더라도 진실로 부끄럽지 않을 정도이다. 당시에 원효조사가 불자拂子를 드리워 법에 미혹한 이들에게 강의하며 절을 청소하고 찰토刹土를 깨끗이 한 것이 지금에 이르러서는 등나무 얽힌 기둥 사이에서 흩어져 세월이 오래고 년수가 깊어진지라 사람은 떠나고 텅 비었으니 마침내 법의 도량으로는 오래되어 도에 관한 책들도 묻혀졌구나. 외로운 봉우리엔 오래도록 인적 없고 외진 토굴도 역시 한가하니 봄바람 가을 달만 있는 공간이 되어서 세간소리 없는지도 오래되었도다.

盈縮消長 理之常 爰有鏡峰和尙 住錫斯山 遊心禪海之暇 恐往哲莊修之所之久 泯其名 乃更號新金剛 而殫爲紹介于現代文學諸家之記序 唱詠成一 以彰古祖之高風偉蹟於後來 一以播勝地之令名 淸譽于當時 於是見性臺上 白月重圓 曹溪庵下 淸風再振 終見林慚之觧 必有澗愧之歇 遂使數百載 成閑埋沒之聖地 一朝爲世人瞻望讚揚之靈界 今日和尙之擧 豈專美於現代 可與新金剛之名 幷傳於永劫者明矣

가득차고 줄어들고 약하고 장성함은 평상의 이치라 이즈음 경봉鏡峰화상이 이 산중에 주석住錫하면서 선禪의 바다에 마음을 머무르는 여가에 지나간 성인이 머물며 수행하던 장소가 그 이름마저 잃어 버릴까 저어하여 곧 신금강산新金剛山이라 고쳐서 부르고,

마침내 현대문학現代文學의 여러 대가大家들의 기록한 서문에 소개하였다. 노래하고 읊은 것이 또한 한결 같아서 옛 조사의 고상한 가풍과 후배들에게 위대한 자취를 드날리는지라 한결같이 뛰어난 땅의 좋은 이름이 당시에 '맑은 명예[淸譽]' 임을 퍼뜨렸다. 그 즈음 견성대見性臺 위에 밝은 달이 서늡 원만하고 조계암曹溪庵 아래 맑은 선풍禪風은 다시 떨쳐, 드디어 숲마저 부끄러워하고 반드시 계곡도 무안해할 정도로 사람이 없어 마침내 수백 년 동안 한가롭게 매몰된 성스런 땅이였다가, 하루 아침에 세상 사람들이 우러러보고 찬양하는 영험한 세계가 되었구나! 이제 화상의 거사가 어찌 온전히 현대에만 아름다울 뿐이리요! 가히 신금강산新金剛山이란 이름이 영겁에 전해질 것이 분명하도다.

庚申年 仲春上浣 靈鷲沙門 姜性燦 謹誌

경신년(1920) 중춘 상순에
영축산 사문 강성찬[5]은 삼가 기록하노라.

5) 강성찬(姜性燦, -?) : 구한말 통도사 학승. 각황사에서 열린 조선불교도 대표회의에 통도사 대표로 가기도 하고 '개벽' 잡지에 기고하고 통도사에서 편찬한《鷲山寶林誌》의 기자로 활동한 스님. 생몰년 미상.

양산梁山의 신금강新金剛

양산은 경상남도에 있는 군郡이라 그 연혁을 말하면 신라 문무왕文武王 때에 땅을 상주上州와 하주下州로 나누었다가 경덕왕景德王 때에 양주良州라 고쳐 불렀고, 또한 고려 태조 때에 양주梁州라 고쳐 불렀으며, 현종顯宗왕이 방어사防禦使를 둔 후에, 잠시 밀성(密城, 현재의 밀양)과 병합되었다가 충렬왕忠烈王 때에 이르러 다시 나누어졌고, 이조李朝 태조왕太祖王 때에 양산군梁山郡이라 부른 이래 금일

6)「梁山의 新金剛」원문(축산보림지 제3호 : 통권 6호, 1920.1~1920.10)

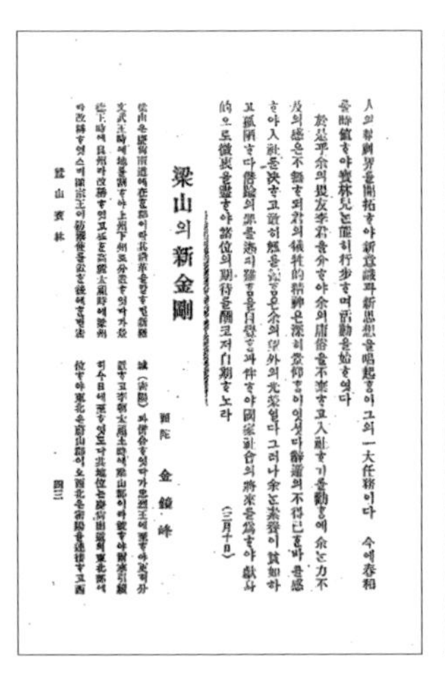

梁山의 新金剛

金鏡峰

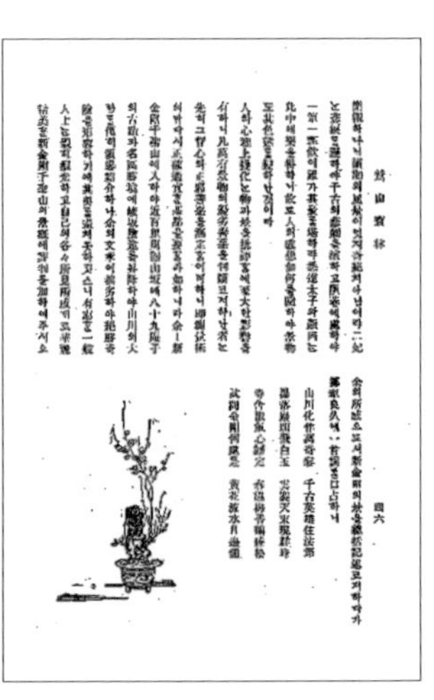

에 이르렀도다.[6] 그 땅의 위치는 경상남도의 동북부에 있는데 동북쪽은 울산군蔚山郡이요, 서북쪽은 밀양密陽과 붙어 있으며, 서쪽은 낙동강으로 막혀 있고, 남쪽은 김해군金海郡과 동래군東萊郡에 인접하였다. 땅의 지세地勢가 북부에는 정족산鼎足山의 지맥支脈이 내려오고 동부에는 대운산大雲山의 맥이 가로로 누워 북방이 높고 남방은 비껴 내려갔도다. 그런데 양산과 울산을 잇는 길인 용연동천龍淵洞天으로부터 동쪽으로 1리里만 더 가면 절경絶境으로 이름난 원적산(圓寂山, 현재의 천성산)이 있으니, 원적이라 함은 중국말로 원적圓寂이고 인도말로는 열반涅槃이라 한다. 이는 정법안장正法眼藏과 열반묘의涅槃妙義를 항상 머물며 설법하는 도량이라는 의미로다.

지금으로부터 1275년 전에 세계의 위인이라 할만한 원효조사元曉祖師가 신라 계주부繫柱府의 현애절벽(懸崖絶壁, 현재의 기장군 척반암)에서 선정에 들어 널리 관하여 보니 중국의 대도大都 법운사法雲寺에 1천명의 승려가 안거安居하는 가운데 한 사람이 매우 무거운 죄악으로써 천명의 승려가 함몰되어 죽을 징조가 있어서 원효 성인이 널빤지를 던져 대중을 구한 은혜를 천 사람이 느끼고 깨달아 원효성사元曉聖師를 찾아와서 제자가 되었더라. 그 후에 원효선사元曉禪師는 화주化主가 되고 모량장자牟梁長者는 시주施主가 되어 원적산 속에 89개의 암자를 짓고 천명의 법도法徒들이 전문적으로 불교를 연구한 결과로 천 사람이 모두 다 견성득도見性得道하였기 때문에 그 후 이 산을 천성산千聖山이라 불렀다. 이러한 명산名山이 양산군의 경계 안에 있건마는 아는 사람만 알고 모르는 사람은 모르도다. 「성산聖山은 금강金剛의 몸체를 드러내었으나 금강은 스스로를 금강이라 말하지 않기」 때문이다.

이런 까닭으로 강원도 옛 금강[舊金剛]이라는 명칭을 드날린 것은 당나라 이정(李靖, 571~649)의 시詩 덕분이었고, 적벽赤壁이라는 명칭은 소동파蘇東坡의 적벽부赤壁賦 덕분이었으며, 악양岳陽의 뛰어난 경치는 백낙천白樂天의 글[文] 덕분이었으니, 나는 천성千聖의 옛터[古蹟]와 숨어 있는 새로운 금강[新金剛]의 뛰어난 경관들[煙霞水石]을 간략히 기록하여 강원도 옛 금강과 비슷함을 소개하노라. 양산의 중방동천中防洞天을 들어가면 산은 첩첩하여 천 개의 봉우리가 둘러있고 물은 잔잔하여 푸른 시내로 흘러가니 옛 금강의 옥류동玉流洞이 여기로다. 금강교金剛橋 왼편에 한 칸의 산령각山靈閣은 하북면의 사람들이 숭배하는 신을 모신 사당[神廟]이라, 한 가닥 맑은 바람이 불어와서 장부丈夫의 가슴을 상쾌하고 깨끗하게 함은 옛 금강에 태조太祖의 활을 걸어놓던 괘궁정掛弓亭과 비슷하고, 망경대望景臺를 나가면 해령海嶺 화상의 유공비有功碑와 소금강小金剛의 제목이 바위 위에 새겨져 있고, 좌우 산천山川에 괴암기석怪巖奇石은 옛 금강의 수렴동水簾洞과 백탑동白塔洞과 비슷하고, 벽류동천碧流洞天의 청계수淸溪水와 옥계수玉溪水는 천진天眞한 면목面目이 기이하여 옛 금강의 만폭동萬瀑洞과 비슷하고, 노적봉露積峯은 하늘을 덮은 나무들이 빽빽하여 열 첩의 병풍屛風을 지었으니 옛 금강의 중향성衆香城과 비슷하고, 내원암內院庵은 운수행각하는 선객禪客들이 구름처럼 모여들어 마음[心理]을 연구하는 곳이라. 그 산세는 다섯 마리 용이 구슬을 가지고 노는 형국이어서 기이하고 미묘한 경관이 옛 금강의 마하연摩訶衍과 비슷하고, 적멸굴寂滅窟은 천도교天道敎의 교주였던 최수운崔水雲 선생이 깨달음을 얻었던[開心] 곳이라 기이한 봉우리에 바위가 놓여있는 경치가 옛 금강의 영원동靈源洞과 비슷하고, 옛 터[古墟]만 남은 불지암佛地庵과 금수굴金水窟의 황금수黃金水는 온갖 병을 모두 치유하니 옛 금강의 백운대白雲臺 아래의 금강수金剛水와 비슷하고, 화엄벌華嚴筏은 개산조開山祖인 원효스님[元曉聖人]이 천 명의 공부하는 승려[法侶]들과 더불어 화엄경華嚴經을 강설하던 곳이라 옛 금강에 법기보살法起菩薩이 반야경般若經을 항상 머물러 설하는 법기봉法起峰과 비슷하니, 새로운 금강[新金剛]이 여기로다.

대둔사大芚寺 향로전香爐殿 주변에는 향기로운 초목草木들이 무성하여 복숭아꽃, 자두꽃, 진달래꽃[杜鵑]이 온 산에 붉은 비단[紅絹]을 펼쳐놓은 듯하며, 굽이굽이 맑은 계곡의 아름다운 경치는 실로 좋아하고 즐길 만하여 업業을 쉬고 정신[神]을 기르는 자들의 수행을 돕는 곳[助道處]이로다. 고려의 왕인 신우왕(辛耦王, 고려 우왕) 2년에 서축(西竺, 현재의 인도)의 지공조사指空祖師가 이 절에 주석하며 가람(伽藍, 사찰)을 중수하였으며, 현묘한 덕화[玄化]가 크게 떨쳐서 강설하고 암송하는 소리가 여기저기서 들리고, 찬탄하고 염불하는 소리가 끊이지 않아, 하루 종일[六時] 천상세계의 음악[天樂]이 멀리까지 퍼져나갔던 곳이니 곧 금강의 표훈조사表訓祖師가 주석하던 표훈사表訓寺의 동천洞天과 비슷하고, 고봉산高峰山 정상은 천성산千聖山 가운데서 세일 높은 봉우리이기에 고봉조사高峰祖師가

견성한 곳이며, 온갖 기이한 모습[天態萬奇]들이 옛 금강의 비로봉毗盧峯과 비슷하고, 원효암元曉庵의 경치는 옛 금강의 정양사正陽寺와 비슷하고, 금봉암金鳳庵의 절경은 옛 금강의 수미암須彌庵과 비슷하고, 견성암見性庵의 경치는 돈도암頓道庵과 비슷하고, 성불암成佛庵의 경치는 옛 금강의 반야암般若庵과 비슷하고, 미타암彌陀庵의 미타굴彌陀窟은 옛 금강의 보덕굴普德窟과 비슷하고, 안적암安寂庵과 조계암曹溪庵은 옛 금강의 불지암佛地庵과 만회암萬灰庵의 뛰어난 경치와 비슷하니, 새로운 금강이 여기로다.

대저 어떠한 기이하고 뛰어난 절경이라도 슬픈 사람은 이것을 슬픈 모습으로 보고, 어떠한 더럽고 비루한 경관이라도 즐거운 사람은 이것을 즐거운 모습으로 보나니 소상(瀟湘, 중국 후난성의 여덟 가지 뛰어난 경치를 지닌 강)의 풍경이 어찌 기이한 절경이 아니겠는가마는 두 왕비[二妃, 요임금의 두 딸로 뒤에 순임금의 비가 된 아황娥黃과 여영女英7)을 가리킨다. 훗날 순임금이 붕어하자 소상강에 이르러]는 눈물을 흘려 천고千古의 비극悲劇을 보여주었고, 안회(顏回, 공자가 가장 아꼈던 제자, 가난 속에서도 도를 즐겼으나 30세에 요절하였다. 비루한 마을[陋巷]에 살면서 한 광주리의 밥과 한 표주박의 물[一簞一瓢飮]로 지냄에 누가 그 근심을 감당하겠는가마는) 와 실달태자(悉達太子, 부처님의 이름인 싯다르타의 음사)는 이 가운데서도 즐거움을 얻었으

---

7) 아황娥黃과 여영女英 : 우虞는 순임금때 나라이름인데, 순舜임금의 두 비妃인 아황과 여영은 순임금이 죽자 피눈물을 흘리며 슬퍼하다가 소상강에 빠져죽었는데, 두 여인의 한이 소상강瀟湘江가의 반죽斑竹에 아롱져 남아있게 되었다고 한다.

니, 그러므로 사람의 느낌과 생각[感想]이 어떠한가에 따라 경치와 사물도 그 색채와 모습이 변하는 것이다.

사람의 심리상의 변화는 사물과 경치를 비평批評함에 지대한 영향을 가지니, 무릇 온갖 경치와 사물의 우열愚劣과 선악善惡을 판단코자 하는 사람은 먼저 그 마음 속의 옳은 것과 그른 것, 선한 것과 악한 것을 측정함이 옳으리니 곧 측량하는 기술[測量術]이 반드시 정확正確하고 잘 맞는[適宜] 기준점[基點]을 필요로 함과 같다. 내가 새로운 금강인 천성산에 들어가 거의 100리에 이르는 주위의 산과 언덕에 있는 89암자의 옛 자취[古蹟]와 이름난 지역[名區]과 뛰어난 곳[勝境]의 가파른 언덕과 험한 길을 오르내리며 산천山川의 대략적인 모습[大勢]을 간신히 소개하였으나, 나의 문장이 졸렬하여 험하면서도 기이하고 뛰어난 절경을 형용하기에 그 심오함[奧]을 다하지 못하겠으니, 뜻이 있는 일반 사람[一般人士]들은 직접 관광觀光하고 각각 자기의 소견과 소감대로 화려하고 정미精美한 새로운 금강인 천성산의 경치에 비평을 하여 주시오. 나의 소감으로서 새로운 금강의 경치를 총괄하여 기술코자 하다가 붓을 던져두고 침묵한 뒤 시 한 수首를 읊노니,

산천에 만 가지 기이한 모습 만들어내니
천고의 영웅들 진리의 지팡이로 머무르네!
폭포 떨어지는 바위에는 백옥 빛 흩날리고
구름 걷힌 하늘 끝에 뭇 봉우리들 드러나네.
절은 맑은 기운 품어 마음은 선정에 들고

봄은 매화 향기에 젖으니 학도 소나무에 졸고있네
금강산이 어느 곳인가 넌즈시 물었더니
노란 꽃잎 흐르는 물과 달빛 아래 종소리 가리키네.

山川化作萬奇容 千古英雄住法�

瀑落巖頭飛白玉 雲捲天末現群峰

寺含淑氣心歸定 春濕梅香鶴睡松

試問金剛何處是 黃花海水月邊鍾

頭陀 金鏡峰

(천성산) 두타 김경봉은 쓰다.

겸재(謙齋) 정선(鄭敾,1676-1759)의 금강산전도(金剛山全圖) (호암미술관 소장)

新金剛 內院寺 詩選 차례

경봉스님 말씀

더 참고 살아라

너 알고
나 알고
삼세제불이 알면 됐지.

사람들이 알아주지 못한들
그걸로 뭐 할 것이냐

그러니
더 참고 살아라

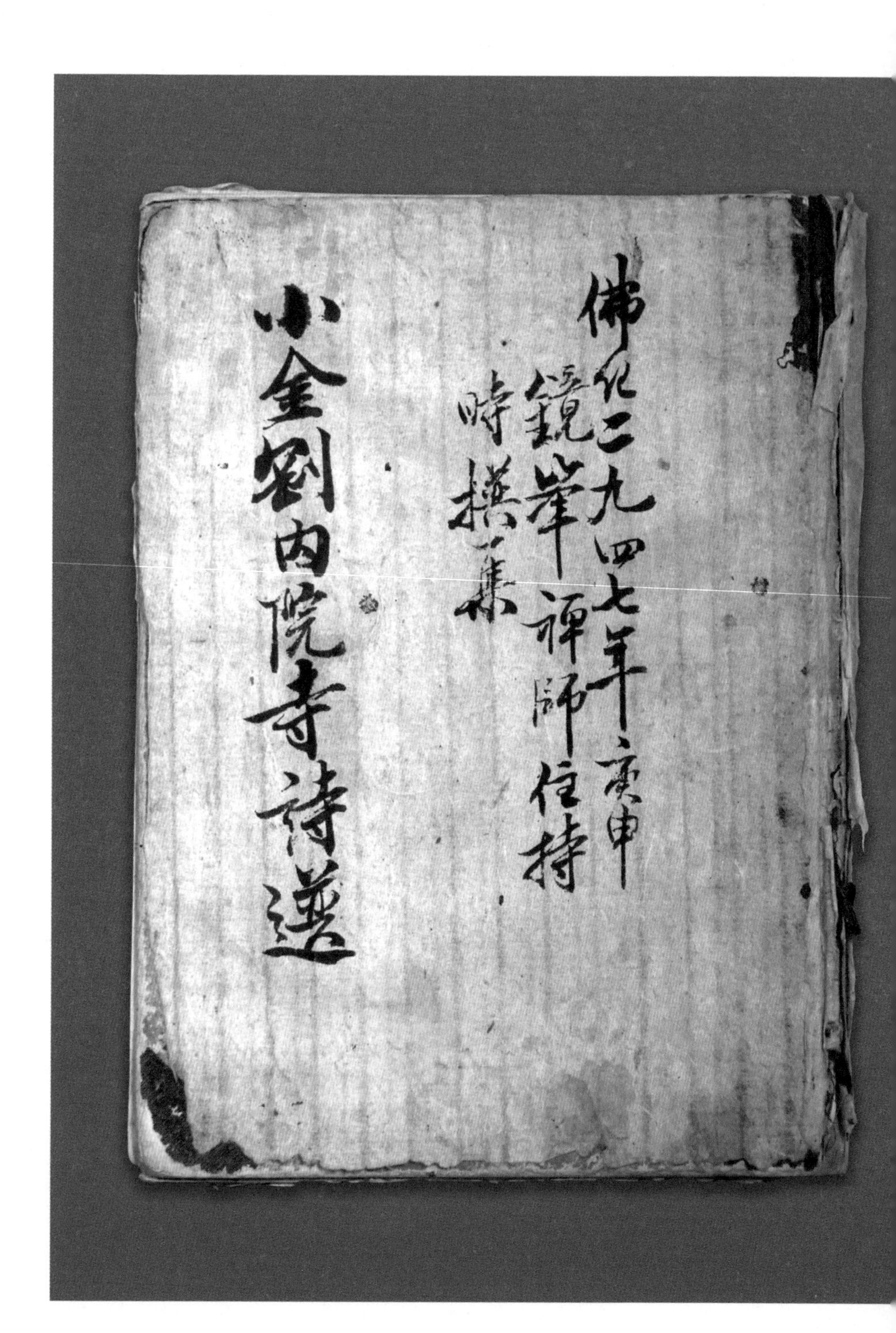

佛紀二九四七年庚申
鏡峯禪師住持
時撰集

小金剛內院寺詩選

新金剛詩選序

是日内山住持寶鏡律師請余作新金剛千聖山詩并序始余方身客談道凡性收襟整坐曰古人之名山名非常名矣此山之名有三焉則一曰圓寂山何名此也華言圓寂梵語涅槃是謂正法眼藏涅槃妙義常住說法之道場故稱也二曰千聖山何名此也華凡成聖是謂之新羅代元祖師擲盤救唐京都法雲寺法侶時寺千人入此山修道成聖故稱也三曰新金剛山何名此也堅穩堅固不壞是謂三學滿足金剛不壞之法體圓成故稱也

稿印（五十號）

士明朝送葬出東門出謁封廣一謙廣即離宮云自
是之後後山之名益現於世問也客曰後山如是益現
此山如何是晩也余良久笑云凡事不嘗皆有次序也
為檢較前事則申家才郞生存者是又必詩云
頭出辰韓國一見千聖山而歸後又托神於嶠
南金氏家而出家大隱今作千聖山內院庵住持閑
覽此山特以金剛嵗明則令之此山嵗明生住持
金鏡峰即其朝鮮申氏郞之前身也前日後山益
現者才行申郞即其唐代必詩李靖之前身也客問
之然死甭而笑不與語而去余於是也擲筆又曰韓

福印（五十號）

然則此山之名眞可謂名不可名得者也夫客曰傳云
之言此山皆云小金剛今云新金剛者此稱其小二
字何意也余曰朝鮮一境内江原道有一最大金
剛山超出擅名者舊矣故對彼山云小亦云新也
又問曰唐時李請作詩曰願生高麗國一見金剛
山指此山耶指彼山耶答曰彼山是也故李請歸後托
説於朝鮮國申判書（申觀浩先祖云）宅少年爲此
關防禦使而回路見彼金剛山而歸家即其夜業
化而尸突不難故申判書使婢問金春澤々輓曰
此却山下少年竟而輩如今莫説應申氏郎家才行

序

夫觀山之法不專在乎峰之高而谷之深而止也尤察乎其來脈之雄渾洸漭盤勢之明媚陰森而後乃及于嵯峨嶙峋等雜評有似乎相人之先察其氣而後相其貌也由來我東環域之名山下岳莫不受派於咸鏡而至中最著於世者即江原道之金剛是也金剛之脈蜿蜒于東鮮海峽六百餘里至洛水此二金許結晶而成擎天之掀峰與靈鷲金拜兩山稱謂甲乙焉其來脈也雄渾而清健其盤勢也明媚而秀麗有龍盤虎踞之奇怪至若競秀之千巖爭流之萬壑聳聳聳于空

藏印（五十號）

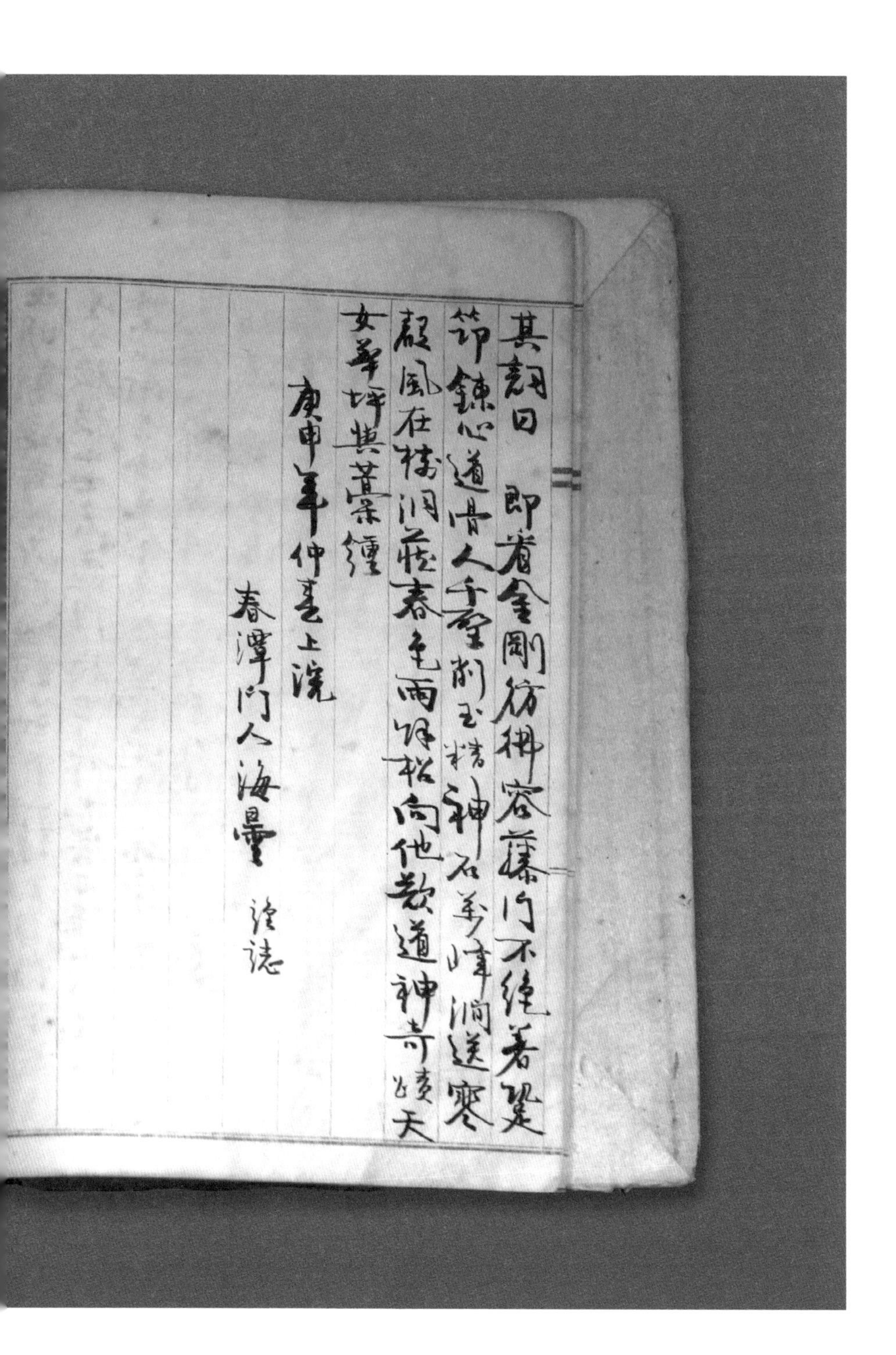

其詞曰　卽看金剛彷彿容蘿門不絶着跫
節鍊心道骨人千磨削玉精神石筝峰澗送寒
凝風在樹洞庭春色雨後松向他數道神奇飛凌天
女華坪其菩案纏
庚申年仲春上浣
春潭門人海曇　謹誌

記序唱詠中一以彰古祖之高風偉跡於後來

一以播揚地之令名清譽于當時於是見性其上白

月重圓曹溪座下清風再振終見林巒之鮮光有

澗愧之歎遂使數百載中閑埋沒之聖地一朝為

世人瞻望讚揚之靈界今日和尚之舉豈專美於現

代可與新金剛之并名傳於永劫者明矣

庚申年仲春上浣

靈鷲沙門 姜性燦 謹誌

稿印（五十號）

劉之氣像似者以小室劉稱爲即梁州之千聖山是也
昔鷄林中葉我元曉祖師與一千法侶來住此山而設
華嚴之道場故曰千聖而其煙霞水石之美眞不
愧於小室劉之稱矣當日曉師棲神講法之迷庵
淨刹追今散在於藤蘿叢桂之間而世遠年
湮人去山空遂使法筵久埋道帙長擯孤峰獨
當朱關孤立於春風秋月之間而寥閴於世者久
矣盈縮消長理之常也爰有鏡峰和尚住錫斯山
遊心禪海之暇恐法哲萎傾之所之久派至名乃
更歸新小室劉而殫力紹介于現代文學諸家之

2

高接天門縱[illegible]容
有時玩客强登笻
絡連石壁千重谷
雲捲藤林萬疊峰
洞奏琴聲懸細瀑
風和琴意動間松
回思千聖金剛裏
忽聞樓頭日暮鐘

靈鷲山　尹古鏡

福印（五十號）

次新金剛韻

一片金剛畫莫容
始令韋春駐游節
萬緣清淨超塵界
千聖精靈現寂峰
欲每窺齋攀古石
鶴能談法下孤松
曉師卓錫傳何日
尚記羅朝應鼓鐘

嵩陽山人 韋庵 張志淵

3

聖爲特錫佛名容
別有金剛駐客筇
仙骨如凝層列石
俗塵難染最高峰
立祠漢武栽千柏
[illegible]泰秦(添)皇封五柏
元曉淵淵渺不見
斜風吹送舊穀鐘

馬山府石阿 金璣斗

藲印（五十號）

千重山閣千佛窟
我多先覺駐藜笻
真源洞穿從元曉
大道重興接鏡峰
怪石靜語僧睡月
白雲散處鶴飛松
遠村夜曙鷄醒夢
風送孤庵磬主鐘

馬山府石町 金愚石

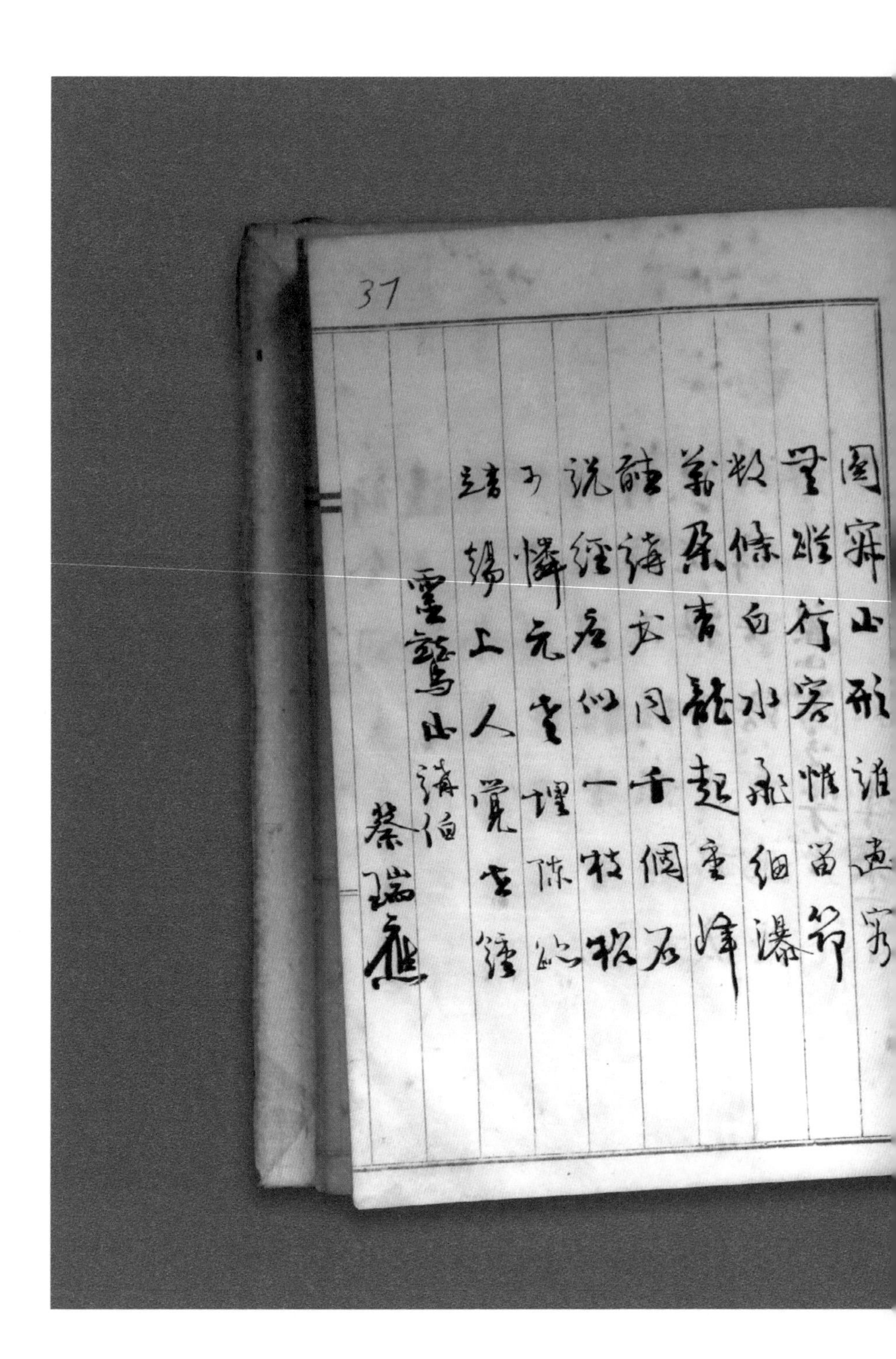
37

圓寂山所誰遺窟
□雖行客惟留節
數條白水飛細瀑
幾朵青龍起重峰
醉講於門千個石
說經居似一枝松
可憐元曉理陳跡
請[illegible]

靈鷲山 講伯
蔡瑞 進

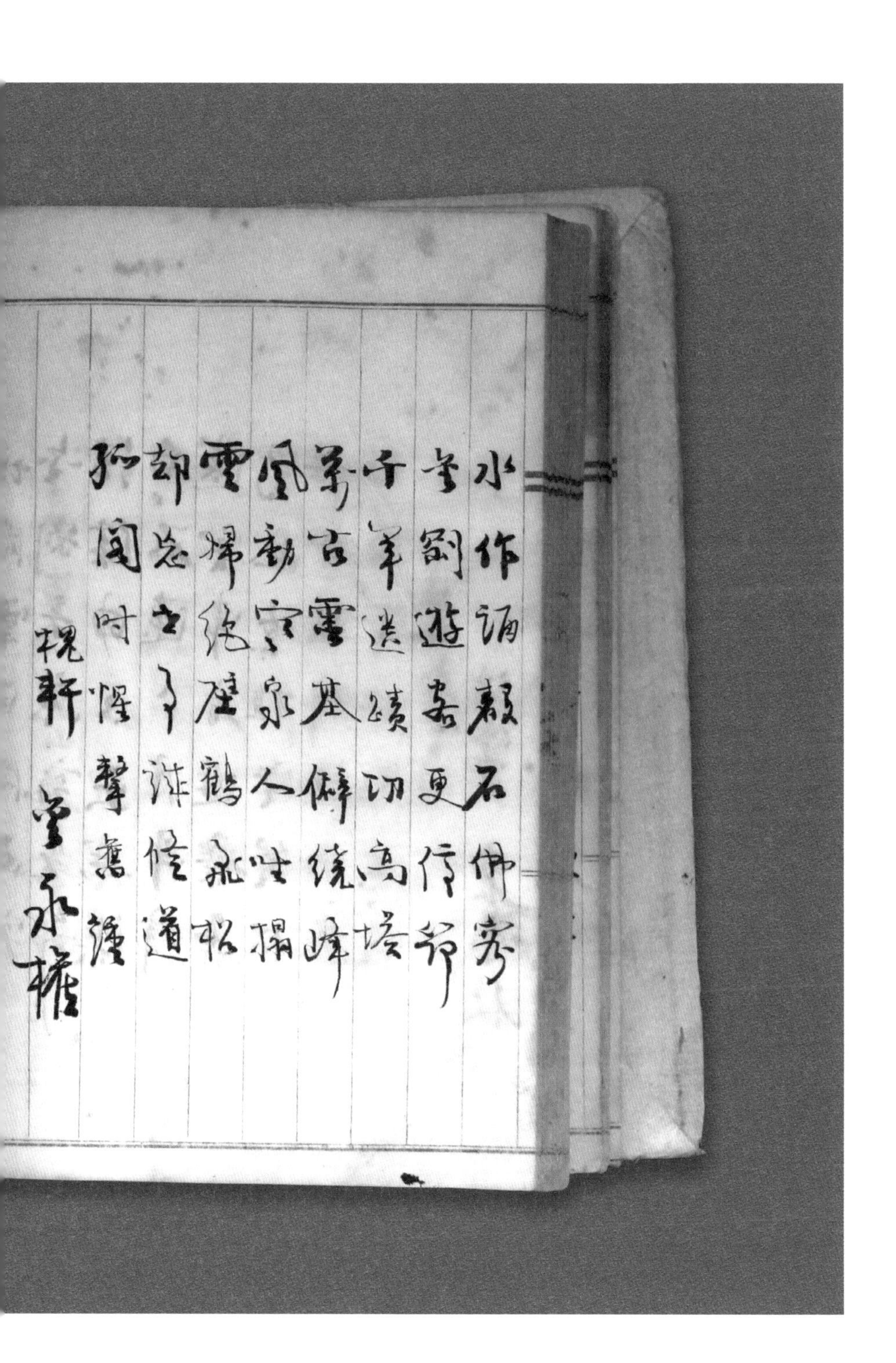
水作詞穀石佛寄
金剛遊客更停節
千年送續功高塔
萬古靈基僻繞峰
風動空泉人吐揖
雲帰絶壁鶴飛松
却忘主子談修道
孤閑時怪擊惠鍾
槐軒 曾永權

내원사 선해일륜

경봉스님 영결식 (1982년 7월 21일)

1. 해담海曇율사 원운元韻 시

卽看金剛彷彿容　　藤門不絶着跫筇
鍊心道骨人千聖　　削玉精神石萬峰
澗送寒聲風在樹　　洞藏春色雨餘松
向他欲道神奇蹟　　天女華坪與藁鍾

언뜻 보아도 저 금강산과 너무 닮은 모습인데
등넝쿨 얽은 문에 지팡이 소리 끊이지 않네.
마음 수련한 도골道骨은 천 분 성인이 되고
옥을 쪼으던 정신은 모든 봉우리의 돌이 되었네.
시냇물은 찬 소리 내고 바람은 나무 끝에 스치니
동천에 봄빛 감추니 빗물은 소나무에 홍건하네.
그대 향하여 진기한 자취를 말하려 하는가
천녀는 땅에 핀 꽃을 짚북재의 종에게 주는 듯!

庚申年 仲春 上浣 春潭門人 海曇
경신년(1920) 중춘 상완 춘담문인 해담[8)]

---

8) 해담치익(海曇致益, 1862-1942) : 근대 통도사 律師, 自號는 曾谷 성은 徐씨. 19세에 통도사 春潭에게 출가하여 龍門寺 龍湖海珠에게 경전을 배우고 33세에 孤雲寺 水月永旻(1817-1893)의 법을 이었다. 후에 通度寺 講主로 후학을 지도하고, 보살계 법회의 授戒師로 활동하다. ○상완上浣은 상순上旬의 뜻.

2. 금운錦雲 한영렬韓榮烈거사 시

新金剛千聖山韻

金剛山水遍難容　　羅代元師住錫笻
千聖如來香滿艸　　衆生無量壽齊峰
晴川亂落三層瀑　　翠壁橫斜百丈松
更暇尋眞今記得　　此心圓覺賴禪鍾

신금강의 산과 물은 두루 형용하기 어려운데[9]
신라대 원효스님 주장자로 머무신 도량이라네!
천 분 성인과 여래의 법향은 풀밭에 가득하고
한량없는 중생의 수명은 산봉우리와 같구나!

9) 금강산金剛山 : 불교에서 금강산은 법기보살法起菩薩, 또는 담무갈보살曇無竭菩薩이 금강산에 거한다고 믿었다. 중국의 오대산에 문수보살, 인도의 보타락가산[普陀山]에 관세음보살이 머물듯, 우리나라의 금강산에도 법기法起보살이 거한다고 믿었다. 예로부터 금강산을 영험한 산으로 여겼는데, 불교가 전래된 뒤 금강산을 불교적 성지로 삼은 결과이며 그 근거로《화엄경》에 "해동에 보살이 사는 금강산이 있다."고 하는 내용을 든다.

비 갠 개울에 삼층 폭포 어지러이 떨어지고

푸른 절벽은 백 길 소나무 옆으로 비켜섰네!

다시 여가餘暇 내어 진리 찾던 일 이제야 기억하니

이 원각의 마음 소식은 선원 종소리로 전하는구나.

梁山郡守 錦雲 韓榮烈
양산군수 금운 한영렬[10)]

---

10) 한영렬(韓榮烈, ?-1962) : 경북 영천출생, 본명은 韓성렬로 1908년 탁지부度支部 대구재무감독과 거창재무서 주사를 지내다. 1910년 한일합병 후 경상남도 재무부 서기 등을 지내다 1918년 양산, 합천군수를 지내다.(조선총독부관보 1932년 4월 5일)

3. 위암韋庵 장지연張志淵거사 시

次新金剛韻

一片金剛畵莫容　　故令來客駐游筇
萬緣淸淨超塵界　　千聖精靈現寂峰
狖每窺齊攀老石　　鶴能聽法下深松
曉師卓錫曾何日　　尙記羅朝舊皷鐘

한 조각으로 신금강은 그려낼 수 없는 절경이여
그래선지 오는 길손들 지팡이를 멈추었네
만 가지 인연 털어내니 세상 근심 사라지고
고요하던 천성산에 정령精靈들이 나타나네
원숭이는 엿보다가 노석老石에 훌쩍 뛰어오르고
학들은 법문 들으려 소나무에 내려앉는 듯.
원효스님 지팡이 꽂던 날 언제였던가?
신라 때 울리던 짚북재 종소리 아직 생생하도다!

崇陽山人 韋庵 張志淵
숭양산인 위암 장지연[11]

---

11) 장지연(張志淵, 1864~1921) : 구한말 언론인. 황성신문사 사장, 경남일보 주필 역임. 경북 상주(尙州) 출생. 유학자 旅軒 張顯光의 후손. 1905년 일본은 乙巳條約을 맺으니 〈황성신문〉사설에 〈是日也放聲大哭〉이라는 글을 실다.

4. 영축산靈鷲山 윤고경尹古鏡 강백 시

高接天門說妙容　　有時玩客强登筇
路連石壁千重谷　　雲捲藤林萬疊峰
澗奏瑟聲懸細瀑　　風和琴意動間松
回思千聖金剛裏　　忽聞樓頭日暮鍾

하늘 문에 높이 닿을듯 아름다운 모습 말하다가
어떤 때는 감상하던 길손들 지팡이 단단히 잡으라 하네.
석벽으로 이어진 산길은 천 겹 골짜기 되고
구름 걷히니 등藤넝쿨 사이로 첩첩한 산봉우리 보이도다
비파 소리 같은 시냇물은 가녀린 폭포에 매달린 듯
바람은 거문고 소리와 어울려 소나무 사이를 흔드네.
천 분 성인이 신금강 속에 계신다고 회상하니
누각 끝으로 해지는데 어디선가 종소리 들리네.

靈鷲山 尹古鏡
영축산 윤고경[12]

---

12) 고경법전(古鏡法典, 1883~1946) : 법명은 法典, 호는 古鏡, 울주군 삼남면 출생. 14세에 통도사 혼응기연混凝琪衍에게 출가하다. 혼응에게 유교와 불교를 공부하고 특히《화엄경》에 심취하고, 26세에 통도사 강주로 명성을 떨치다, 1923년에 통도사 전계사傳戒師로 있다가 1946년 1월에 안양암에서 圓寂. 제자 중에 동곡일타(東谷日陀,1929-1999)가 뛰어나다.

5. 김우석金愚石 선사 시

千聖山開千佛容　　幾多先覺駐藜笻
眞源深寂從元曉　　大道重興抵鏡峰
恠石靜蹲僧睡月　　白雲散落鶴飛松
遠村夜曙初醒夢　　風送孤庵警世鍾

천성산이 열리더니 천 분 부처님 모습 보이고
얼마나 많은 선각先覺들 명아주 지팡이 멈추었을까?
진리의 근원 깊은 열반은 원효로부터 나오더니
대도를 중흥하여 경봉스님까지 이르렀네.
기이한 바위에 조용히 걸터앉은 스님은 달빛에 잠들고
흰 구름 흩어지니 학은 소나무로 날아오르네
저 먼 마을에서 자고 새벽 꿈 깰 무렵[13]
외딴 암자에서 세상 깨우는 종소리 바람결에 들리네.

馬山府 石町 金愚石
마산부 석정 김우석[14]

13) 초성몽初醒夢은 새벽 꿈을 깰 무렵이니 "《삼소굴일지》 1927년 12월 13일 화요일 맑음(음 11월 20일) 오전 2시 30분에 祖師禪義를 깨닫다." 이 부분을 경세종警世鍾이라 한 내용인 듯.(역자주)

14) 김우석(金愚石, -?) : 마산불교포교당을 설립한 다섯 분 중의 一人 다섯 분은 김기두金璣斗 김우석金愚石 구회당具晦堂 김기종金基鍾 변상탁卞相鐸 등.(매일신보 동아일보)

6. 김기두金機斗 선사 시

聖爲特號佛爲容　　別有金剛駐客笻
仙骨如凝層列石　　俗塵難染最高峰
立祠漢武栽千栢　　登泰秦皇封五松
元曉淵源深不見　　斜風吹送舊聲鍾

성인을 특별히 부처님이라 부르니 거룩한 모습이어
별유천지別有天地 금강산에 나그네들 지팡이 멈추었네.
신선의 골수로 응결된 바위는 층층이 줄지었는데
세속 번뇌가 어찌 높은 봉우리까지 물들게 하랴

15) 한무재천백漢武栽千栢 : 잣나무 천 그루 심은 일은 아마 漢武帝가 사찰에 시주를 많이 한 것을 뜻한다. ㅇ진황봉오송秦皇封五松 : 故事에, "초여름 秦始皇이 泰山에 올라 封禪의식을 끝내고 하산 중 돌연 광풍과 뇌성벽력이 치니, 황제는 자신이 산신에 죄지었나 하며 비를 맞고 가다가 五松亭 부근에서 장대비가 무섭게 내려 폭포수처럼 급류로 내려오는데, 홀연 수십 척 되는 큰 소나무가 모자처럼 천막을 치니 비를 피하였다. 황제가 天仙地祇에 감사하고 잠시 잠들었는데, 꿈에 老道師가 나타나 소나무 가지를 황제에게 바치며 말하되, 「소인은 폐하 신체에 병이 생겼음을 알았사온데 제가 특별히 靈藥을 보내 치료하겠습니다.」 이윽고 꿈을 깬 황제는 정신이 맑아지고 피로가 풀려 비바람이 멈춘 뒤 소나무에게 '五大夫'의 작위를 내렸다."

사당 세운 한漢 무제武帝는 잣나무 천 그루 심었고
태산에 오른 진秦 황제는 소나무를 오대부五大夫로 봉했듯이[15]
원효의 심오한 근원은 깊어서 볼 수 없어도
비껴부는 바람에도 아랑곳없이 옛 종소리 들려오네.

馬山府 石町 金璣斗
마산부 석정 김기두[16]

산동성 태산에 있는 진시황이 비를 피하게 해준 소나무로 오대부송(五大部松)

16) 김기두金璣斗 : 마산불교포교당을 설립한 다섯 분 중의 一人.

7. 마산포교당 구회당具晦堂 선사 시

洞府深深隔世容　　晩晴風物客偉節
白雲丹壑曉公窟　　玉樓瓊林千聖峰
樓外淸溪溪外竹　　巖邊石榻榻邊松
行人欲識金剛景　　日照桑楡聽暮鍾

골짜기 깊고 깊은 도량은 세상 등진 모습이여
바람과 만물은 늦게 개어도 나그네 지팡이 훌륭하도다
흰 구름 붉은 골짜기는 원효조사 머물던 토굴이요
옥으로 된 누각, 옥빛 숲은 천 분 성인의 봉우리라
누대樓臺 밖은 맑은 계곡, 골짜기 밖엔 대나무요
바위 옆은 돌걸상, 걸상 옆엔 멋진 소나무 서 있네
수행자여, 신금강의 경치를 더 알고 싶은가?
해질녘 뽕나무 느릅나무 그늘에 저녁 종소리 들리네.

馬山府 佛布敎堂 具晦堂
마산부 불포교당 구회당[17]

---

17) 구회당(具晦堂, -?) : 울산군 중상면 옥천사玉泉寺 주지를 역임한 포교사.(대정15년(1926), 《성해선사수연시》에도 등장한다.(불교지 제23호, 불교기록문화유산아카이브 자료)

8. 소파小坡 김기종金基鍾 선사 시

語不成眞畵未容　　逍遙鎭日欲停笻
石儀層立彌陀窟　　山勢亭高玉女峰
照隩霜晴瞻綠竹　　覆崖雪積春靑松
金剛閱歷將何得　　月滿空庭自發鍾

말로는 진리를 못 이루고 모습도 그릴 수 없어
온종일 거닐다 보니 지팡이 놓고 쉬고 싶어라
돌 모양은 층층으로 미타암彌陀庵의 굴을 건립하고
산세山勢는 옥녀봉玉女峰[18]의 높은 정자 같구나.
구비마다 서리 개이니 푸른 대나무 올려다 보고
높은 절벽에 눈 쌓였어도 푸른 소나무엔 봄이 왔네.
금강산 내력을 보고 무얼 가져올까 하는데
달빛 밝은 빈 뜨락에 종소리 저절로 울리네.

馬山府 石町 壽養堂 小坡 金基鍾
마산부 석정 수양당 소파 김기종[19]

---

18) 옥녀봉玉女峰 : 금강산 내금강의 만물상에 있는 봉우리 이름이다.
19) 김기종金基鍾 : 마산불교포교당을 설립한 다섯 분의 一人, 호는 소파小坡.(매일신보 동아일보)

9. 영축산 최구고崔九皐 선사 시

千聖山之絶玅容　　春花秋葉幾人節
主翁何晩來靖錫　　金剛新兮得鏡峰
華嚴筏上歸元曉　　藁皷嶺邊立碧松
處處懸庵奇畵態　　一條流水自鳴鐘

천성산의 뛰어나고 절묘한 모습이여
봄 꽃과 가을 낙엽 몇 사람이나 감상하였나?
주지스님 어찌하여 정석靖錫스님 이리 늦게 부르셨나?
신금강은 새로 오신 경봉鏡峰선사 얻었도다
화엄벌에서 법문하던 원효스님 돌아온 듯
짚북재[藁皷嶺][20] 옆 푸른 소나무처럼 우뚝하여라.

20) 짚북재 : 고고령藁皷嶺이라 부른다. 《양산읍지》에 의하면 원효스님이 화엄벌에서 중국에서 온 제자 천 명에게 화엄경을 강의할 무렵, 짚북재에는 짚으로 만든 커다란 북을 달아 놓았다. 산내의 모든 암자(일설에 89개 암자)에 있는 제자를 불러 모으기 위한 북이다. 때마침 많은 제자의 식량이 부족하자 대사는 상북면에 거부巨富가 산다는 소문을 듣고 탁발托鉢하러 가니 그 집 하인이 발우에 쌀 한 되를 부어주니 반의 반도 차지 않자 다시 쌀 한 되를 부었는데 그대로였다. 그래서 하인이 주인에게 고하자 주인은 탁발승이 큰스님[大宗匠]임을 깨닫고 1천 명 대중의 식량을 해결해 주었다고 한다.

곳곳의 매달린 암자 모습 진기하게 그리더니

한 길로 흐르는 물은 스스로 우는 종소리 같아라.

靈鷲山 崔九皐

영축산 최구고[21]

천성산 짚북재 주변 모습

21) 구고중학(九皐中鶴, -?) : 전기는 자세하지 않고 성은 최崔씨로 화봉華峰선사의 제자. 혜월승민慧月勝旻의 법손이다. 위의가 엄정하고 원통방圓通房에 주하셨고, 1905년 총섭總攝을 지내다.

10. 변상탁卞相鐸 선생 시

千聖巍巍飽德容　　毒龍制處引仙笻
燃藜辨道追元曉　　證佛談玄讓鏡峰
滌去秋塵海碧澗　　迎來春日冷青松
新羅古蹟於斯在　　隱隱聲中警世鐘

천성산 높고 높아 덕이 넘치는 모습이여
독룡을 제압한 곳에 신선 지팡이 끌어왔네.
명아주 그을린 주장자는 설법하던 원효스님 떠올리고
깨달아서 현묘한 도 말함은 경봉스님께 양보하였네.
가을 낙엽 쓸어내니 푸른 시냇물은 바다로 흘러가고
봄날이 되었어도 청송青松은 아직 차갑기만 하네.
신라대 오랜 자취 여기 그대로 남았는데
은은하게 세상 일깨우는 종소리 퍼지는구나!

馬山府 公立普通學校 訓導 卞相鐸
마산부 공립보통학교 훈도 변상탁[22]

22) 변상탁(卞相鐸, -?) : 馬山府 공립보통학교 訓導를 賞褒, 總督府에서 十三道各公普 訓導의 成績優良者를 選拔하여 褒賞을 授與하는바 慶南選拔에서 포상 표창한 일이 있다. 생몰년 미상(馬山, 조선총독부 관보, 1925년 2월 27일 동아일보기사)

11. 천성산 기석호奇石虎 선사 시

群數獨出爾顏容　　引得逍遙物分節
玉流飛激粉粉雪　　碧落衝開矗矗峰
奇鳥有時轉古經　　衲人無事睡孤松
欲識金剛眞面目　　請聞半夜日午鐘

여러 봉우리인 신금강 그 모습 유독 뛰어난데!
가져와서 거닐다 보니 물물마다 지팡이 나누었네.
옥 같은 물 날으듯 부딪치니 백설이 분분하고
푸른 바위 떨어진 곳마다 뾰족뾰족 봉우리 보이네.
특이한 새소리가 어떤 때는 경전 독송 소리인 듯
납승은 일 마친 듯 외론 소나무에 잠들었네.

신금강의 참된 면목을 알려고 하는가?

청컨대 한밤 중에 정오의 종소리를 들어보아라!

千聖山 宇庭 奇石虎

천성산 우정 기석호[23]

23) 기석호(奇石虎, ?-?) : 생몰년 미상, 호는 우정宇庭. 일제강점기에 부산 범어사를 중심으로 활동한 종교인, 활동시기로 보아 1900년대 전반에 출생한 것으로 보임, 1922년 기석호는 오성월吳惺月 오이산(吳梨山, 독립운동가) 등 범어사 승려들을 중심으로 선우공제회禪友控除會를 창립하였다. 1923년에 이종천李鍾天, 김운학金雲學과 함께 불교청년회 대표로 전조선청년당대회에 참가하다. 1935년에 범어사 금어선원金魚禪院 祖室로 있으면서 조선불교전국수좌대회에 참가하여 참의원에 선출되는 등 선풍禪風진작과 불교대중화를 위해 노력하였다.(부산역사문화대전 집필자 나철회)

12. 오정식吳廷植 거사 시

名山千聖善修容　羅代祖師幸着笻
飮夜鹿喧三泒水　經晨鶴舞萬層峰
中間屹白多奇石　上下浮靑盡古松
新號金剛猶晩矣　耳雷遠近似撞鐘

명산으로 소문난 천성산, 용모 더욱 잘 가꾸더니
신라대 원효조사 다행히도 지팡이 꽂으셨네.
밤새 물 마시던 사슴들 세 곳 연못가에 울어대고
새벽 지나 학鶴들은 첩첩한 산중에서 춤을 추네.
중간에 우뚝한 하얀 산에 진기한 바위 즐비하고
산 전체로 봄기운 퍼지더니 고송枯松으로 가득하네.
신금강이라 부르는 일 오히려 늦은 감이 있다고
멀리서 우는 우레소리도 종소리 처럼 알려주네.

梁山郡廳內 吳廷植
양산군청내 오정식

13. 안정사 정신해鄭信海 선사 시

山轉水迴太古容　　那時衆聖逗遛笻
曺溪洞濶三更月　　成佛菴懸半皷峰
听法餘徒千箇石　　点宗信手一枝松
傳心此地杳無繼　　適有吾兄再震鍾

산과 물이 돌고 돌아도 태고적 모습 그대론데
어느 때나 여러 성인들 지팡이로 머물렀을까?
조계암曹溪庵 훤한 동천에 삼경三更 달 물에 비치고
성불암成佛庵[24]은 북 반 만한 봉우리에 매달린 듯

24) 조계암 성불암 : 천성산 내원사 부속암자로 현존한다. 원효스님이 천 명 대중을 제자로 화엄경을 강의하던 시절 89개 암자가 있었다고 전해온다.(양산읍지)

법을 묻던 남은 제자들 천 개의 돌이 되었고
종지宗旨를 점검하려는지 솔가지를 무심코 손에 들었네.
마음 전하던 이 땅에는 아득하여 후계도 없더니
우리 정석靖錫 형이 때맞춰 종소리 다시 울렸도다.

統營郡 安靜寺 鄭信海
통영군 안정사 정신해[25)]

25) 정신해(鄭信海, ?-?) : 해인사 스님. 1916년 丙辰年에 안정사 주지로 인사 이동한 흔적이 관보官報에 보인다.(조선총독부 관보 제1179호) 1863년 통영군 碧鉢山 安靜寺藏板《금강경목판본》도 보인다. 또 남전한규(南泉翰奎, 1868-1936)와 직지사 제산정원(霽山淨圓, 1862-1930)의 은사는 해인사 신해信海선사란 기록도 보인다. 생몰년 및 나머지 행적은 미상.(불교기록문화유산아카이브 자료)

14. 축초鷲樵 신철효辛澈孝 선사 시

新作金岡革舊容　　遊人點指住行笻
高名傳世思千聖　　巨勢連天擬萬峰
水洗塵埃磨磵石　　雲生院落護岑松
眞景渾無今古異　　全區淸淨暮朝鍾

신금강으로 이름 짓고서 구금강의 모습 바꾸었더니
노닐던 사람들 손가락 찍으며 가던 지팡이 멈추었네.
높은 명성 세상에 전해져 천 분 성인을 기억하는데
거대한 기세는 하늘에 맞닿아 온갖 봉우리와 비교하네
물로 번뇌 씻어내듯 물가 바위 갈아내어
구름 속에 자리한 절은 산의 소나무가 감춰주네.
참된 광경도 흐려지면 예나 지금이나 달라진 것 없지만
도량이 청정하니 어디서든 조석으로 종소리 들으리라.

昌原郡 西上里 鷲樵 辛澈孝
창원군 서상리 축초 신철효[26]

---

26) 신철효(辛澈孝, -) : 호는 축초鷲樵, 통도사 스님으로 창원지역 포교사로 활동한 분이다. 생몰년 미상. 小坡 김기종편지(경봉스님께 보낸 편지)에 등장하는 다섯 사람 중의 一人. 다섯 사람은 金基鍾, 尹柄文, 南琪賢 辛澈孝, 高讚根.(불교기록문화유산아카이브 자료)

15. 영축산 강성찬姜性燦 선사 시

蒼蒼秀色露眞容　　千聖已曾此住笻
白石環溪鳴活水　　頑雲捲谷見層峰
何年謾負名區債　　此日疑如訪赤松
寓日羹墻懷更切　　楓陰凝坐聽疎鍾

푸릇푸릇 빼어난 산색에 진리 모습 드러내니
천 분 성인 일찍이 오셔서 지팡이 짚고 머물렀네
하얀 돌은 골짜기 돌아 활수活水로 콸콸 소리내고
뭉쳤던 구름 골짜기에 걷히니 층층으로 봉우리 나타났네.
몇 년이나 부질없이 명산名山이란 이름 빚졌던가?
의심타가 오늘에야 적송자赤松子를 만났다네!

머물면서 갱장羹墻의 추모하는 마음 더욱 간절터니[27]

단풍 그늘에 바보처럼 앉아 성근 종소리 들었노라!

靈鷲山 姜性燦

영축산 강성찬[28]

---

27) 갱장羹墻 : "국을 보아도 담장을 보아도 요堯임금이 보인다[羹墻見堯]" 에서 따온 말로, 어진 이를 사모하거나 돌아가신 분을 추모한다는 의미로 쓰인다.'

28) 강성찬(姜性燦, -?) : 구한말 통도사 학승. 생몰년 미상. 각황사(覺皇寺, 현재의 조계사)에서 열린 조선불교도 대표회의에 통도사 대표로 가기도 하고《개벽》잡지에 기고하고 통도사에서 편찬한《축산보림지》의 기자로 활동한 스님. 앞에 본 시집의 서문을 쓰다. ○《축산보림》은 편집겸 발행인은 이종천李鍾天, 주필 박병호(朴秉鎬, 1888~1937), 기자 강성찬姜性璨, 서기 강정룡(姜正龍, 1898-?)이 함께 참여하였다. 주필인 박병호가 6호에 퇴사를 고지한 것 외에《조음潮音》의 발행인은 축산보림의 체제를 계승하였다.

16. 우계友溪 김상형金商炯 거사 시(1)

金剛古刹擅新容　　爲愛淸佳住客筇
始得源流分五澗　　幾經煉爐攢千峰
梵砌餘寒霜度菊　　石門斜日雪封松
名區大抵因人闡　　昏曉時聞撞磬鍾

금강산 옛 절을 신금강 모습으로 꾸몄더니
청정하고 우아한 도량 사랑하려고 선객들 머물렀네.
원류源流에서 다섯 개울로 나뉜 걸 이제 알았는데
몇 년이나 수련 거쳐 천 봉우리를 모았던가?
절의 경내에는 찬 서리 맞은 국화가 남았는데[29)]
석문石門에 해 기우는데 흰 눈은 소나무를 덮었네.
이름난 도량은 대개 사람으로 인해 열리는 법
조석으로 예불하던 경쇠와 종소리 때때로 들리도다.

梁山郡 上森里 友溪 金商炯
양산군 상삼리 우계 김상형[30)]

---

29) 범체梵砌: 사원의 경내境內를 이르는 말.

30) 김상형(金商炯, -?) : 1908년 양산군 상북면 상삼마을에 거주하며 독립운동에 적극 가담한 분으로 생몰년 미상, 호는 우계友溪. 1908년 사립양정학교私立養正學校를 설립하고 찬조하여 학도가 40여 명에 달했다. 이후 일본군 변장대 15명과 황산역에서 상삼마을 의병 40명과 전투를 하였다. 양산의 독립운동가 김철수(金喆壽, 1896-1977)의 부父.(박철규 '해방직후 부산지역의 사회운동',《항도부산》제12호, 1995)

17. 옥천사 박수찬朴樹粲 선사 시

山帶金剛不變容　　千秋聖跡但餘笻
繞環白石千層壁　　貫玉青嶂萬疊峰
佛宇衝天輕蔽日　　神師遺跡便栽松
仙禽罷我塵間夢　　微有天風報午鍾

산을 다이아로 둘러 변함 없는 얼굴이더니
천 년 지난 성인 자취는 지팡이로만 남았네.
반지 두른 흰 바위는 천 층의 절벽이 되었고
옥을 뚫은 푸른 산은 일만 봉우리 첩첩하네
하늘 찌를 듯한 대웅전은 선뜻 해를 가리고
신령한 스님은 자취 남기려 소나무를 심었구나.
신선 같은 새 소리가 번뇌에 찌든 내 꿈 깨워주니
하늘 바람 미묘하게 불어와서 정오 종소리 알려주네.

固城郡 玉泉寺 朴樹粲
고성군 옥천사 박수찬

18. 영축산 나정안羅正安 선사 시

碧岀齊天萬古容　　異花香草披禪筇
葱葱佳氣圍精舍　　淡淡祥雲出遠峰
數曲淸泉噴白玉　　一團明月掛靑松
三途消盡梵聲裡　　靈谷還應朝暮鍾

푸른 산굴은 하늘과 가지런해 만고의 모습 그대론데
기이한 꽃 향기 풀은 선사禪師 지팡이를 덮었네.
파릇파릇 아름다운 기운은 정사精舍를 에워싸고
담담하고 상서로운 구름은 먼 산에서 나왔구나.
수많은 계곡 맑은 샘물은 백옥白玉처럼 뿜어내고
크고 둥근 명월은 푸른 소나무에 걸려 있네.
삼악도三惡道는 범천 소리만 들어도 모두 사라지니
영험한 도량에는 조석 예불 종소리가 훨씬 어울리네.

靈鷲山 羅正安
영축산 나정안

19. 보개산 허몽초許夢草 선사 시

森羅萬像各宜容　　幸此靖君住錫筇
舊來圓寂山中物　　新出金剛向上峰
歡心益友時鳴鳥　　帶露寒聲特立松
人去臺空無一事　　何誰打罷月邊鍾

삼라만상은 각기 그에 맞는 형상일텐데
다행히 이 도량엔 정석靖錫스님 지팡이로 머물렀네!
예로부터 원적산이라 전해오던 산이
금강의 '지혜 찾는 봉우리[向上峰]'로 새로 나타났네.[31]

31) 향상봉向上峰 : 향상의 진리 찾는 봉우리란 뜻이니 반산보적盤山寶積선사 법어에 "向上一路 千聖不傳 學者勞形 如猿捉影"고 말한 어구가 있다.

기쁜 마음으로 벗을 도우니 때맞춰 산새도 울고

이슬 머금은 찬 음성 듣더니 소나무도 우뚝 섰네!

사람은 가고 정자는 비어 아무 일도 없는데

어느 누가 달빛 아래 종 치는 일 쉬라고 하였을까?

江原道 鐵原郡 寶蓋山 許夢草

강원도 철원군 보개산[32] 허몽초[33]

---

32) 보개산寶蓋山 : 강원도 철원과 경기도 포천 연천과 경계하는 산이다. 보개산은 정상 지장봉地藏峰에서 남으로 화인봉花人峰, 삼형제봉, 향로봉香爐峯, 그리고 종자산으로 이어지며 북으로 고대산高臺山으로 향한다.(한국향토문화전자대전).

33) 허몽초(許夢草, 1870-1947) : 경남 양산군 하북면 출생. 속성은 許氏. 처음 법명은 仁弘, 夢草는 自號이다. 몽초스님은 詩文은 물론 禪旨에도 밝아서 九河 海曇 鏡峰 등 선지식들과 교류하다. 상좌는 華山스님 등.

20. 천성산 한설고韓雪皐 선사 시

勝區名地絶塵容　　幾度閒人住法筇
錦谷寒泉流學海　　玉岑奇石秀成峰
高岳參差千佛塔　　香林蒼欎百年松
先師往跡憑何覺　　惟有三更鳴曉鍾

훌륭하고 이름난 도량은 세상 티끌 여읜 모습이여
몇 번이나 한가한 사람들 법 지팡이로 머물렀나?
비단 계곡 찬 샘물은 배움의 바다로 흘러가고
옥빛 봉우리에 진기한 바위로 산이 더욱 훌륭하네.
높은 산에 울쑥불쑥 천 부처님 탑 세우고
향기로운 숲은 백년 된 소나무로 울창하네
선대 스님 지난 행적 무엇에 의지해 깨달았을까?
오로지 야반 삼경에 새벽 종소리만 남아있네.

千聖山 碩和 韓雪皐
천성산 석화 한설고[34)]

---

34) 한설고(韓雪皐, ?-?) : 통도사 스님, 울산포교당에서 활동한 포교사. 생몰년 미상. 하지만 師가 중심이 되어 1920년 청년 신도를 조합하여 현대적 포교법으로 일요 법회를 하면서 울산불교소년단을 조직하고 활성화되었다. 1923년 5월 울산 최초의 중등사립교육기관인 울산사립고등강습회가 설립되다.(울산제일일보 이병길기자) 欎은 빽빽할 鬱의 속자.

21. 김지돈金知敦 거사 시

聞道金剛絶勝容　　有誰爲我贈三笻
苺蒸成雪埋寒逕　　楓醉如花繞古峰
磬聲靜落十方界　　山氣初晴萬歲松
還從物外迢然坐　　院寺遲遲飯後鍾

소문으로 듣던 신금강은 아주 특별한 절경이여
누가 있어 나를 위해 지팡이 세 개 줄건가?[35]
이끼 끼고 눈 덮힌 차가운 길은 벌써 묻히었고
꽃 같은 단풍 흐드러져 옛 봉우리를 둘렀네.

35) 삼공三笻 : 세 개의 지팡이가 상징하는 것은 원효元曉와 경봉鏡峰과 신금강新金剛의 지팡이로 볼 수 있지 않을까?(역자주)

경쇠 소리는 고요히 시방으로 펴지는데

산 기운으로 비 개이니 만년 소나무 드러났네.

세상 물정 물리치고 초연히 좌선하다 보니

절 안에서 더디게도 밥 먹은 뒤 종소리 들었다네.[36]

馬山府 萬町 金知敦
마산부 만정 김지돈

36) 반후종飯後鍾 : (1) '세상 인심의 박함' 을 비유한 말. (2) '좌선삼매에 빠져 밥먹는 종소리를 놓쳤다' 는 뜻이니 여기서는 후자로 보는 것이 타당하리라. ○중국 오대五代 시절 왕정보(王定保, 870-941)의 《무언撫言》에 "唐나라 시인 왕파(王播, 759-830)가 젊어서 빈고貧孤하여 양주揚州의 혜조사惠照寺에 머무르면서 스님의 재찬齋餐을 얻어먹고 있을 적에, 대중이 그를 싫어하여 재齋를 파하고 나서야 종鍾을 치므로 왕파는 시를 지어 '스님들의 식사 뒤에 울리는 종소리가 부끄럽다[慚愧闍梨飯後鍾]' 고 하였다."는 고사가 있다.(역자주)

22. 주은疇隱 김교필金敎泌 거사 시

新剛新發旧剛容　　聞說名區住小節
寺過千年仙近界　　山河萬古日遲峰
人歸石逕雲生履　　瀑落林端鶴返松
只有西來高法士　　慇懃禮佛聽時鍾

신금강은 구금강의 새로운 모습 내보임이여
명산이란 소문 듣고 작은 지팡이로 머무르네.
절에서 천년 살다보면 신선들과 비슷해지고
강산은 만고에 그대론데 봉우리로 해는 더디게 지는구나
인적 없는 돌길에는 구름에서 신발이 생겨난 듯
폭포수는 숲 가로 떨어지고 학은 소나무로 돌아오네.
단지 서쪽에서 오신 법 높은 보살만 사는지
예불 시간 알리는 종소리 은근하게 들려오네.

梁山郡 周南里 疇隱 金敎泌
양산군 주남리 주은 김교필

23. 천성산 김경봉金鏡峰 선사 시

山川化作萬奇容　　千古英雄住法節
瀑落巖頭飛白玉　　雲捲天末現群峰
寺含淑氣心歸定　　春濕梅香鶴睡松
試問金剛何處是　　黃花海水月邊鍾

산천에 만 가지 기이한 모습 만들어내니
천고의 영웅들 진리의 지팡이로 머무르네!
폭포 떨어지는 바위에는 백옥 빛으로 흩날리고
구름 걷힌 하늘 끝에 뭇 봉우리 드러나네.
절에 맑은 기운 품어선지 마음은 선정에 들고
매화 향기에 봄이 깊으니 학도 소나무에 잠드네

---

37) 경봉정석(鏡峰靖錫, 1892-1982) : 근대 통도사 선지식, 聖海南巨의 제자. 경봉은 호, 詩號는 圓光 본명은 金鏞國. 밀양 출생. 7세에 밀양읍의 漢文私塾에서 한학을 공부하고 15세에 통도사로 출가하고, 36세인 1927년 음11월 20일 三更에 見燭舞하고 대도를 성취하다. 1982년 7월 극락암에서 "야반삼경에 대문빗장을 만져

금강산이 어디인가 넌즈시 물었더니

노란 국화 흐르는 물과 달빛 아래 종소리 가리키네.

千聖山 頭陀 金鏡峰
천성산 두타 김경봉[37]

보거라"는 말을 남기고 원적에 드시다. 제자로 벽안법인, 학월경산, 활산성수, 원명지종, 원산도명, 법산경일 등 20여 명이 있다.

24. 조양산인 이운파李雲坡 선사 시

元公曾到点山容　　欲示金文住此笻
百折淸潭皆寶水　　千層白石又雲峰
看來活句庭前樓　　喫盡香飯澗畔松
千聖家風何處在　　月明夜半聞鳴鐘

원효스님 일찍이 와서 산 모습에 반해 점 찍더니
부처님 법문 보이려고 이 도량에 머물렀네.
백 번 굽이 맑은 연못은 다 보배 같은 물이요
천 층이 하얀 바위요 구름 위에 봉우리 또 있네.
마당 앞 누각에서 활구活句 들고 정진하다가
향기나는 성불의 밥[香飯]을 솔숲에서 먹었노라.[38)]

38) 향반香飯 :《유마경維摩經》에 나오는 향기 밥, 아라한이 되거나 성불하면 먹을 수 있는 밥이요, 먹고 나서 깨달음 얻으면 비로소 소화된다는 성불식成佛食.

천 분 성인 가풍은 어느 곳에 있는가 물으니

달 밝은 밤중에 종소리 잘 들어보라 하네!

朝陽山人 李雲坡

조양산인[39] 이운파[40]

1932년 금강산 마하연선원 모습 (민족사, 법보신문)

39) 조양산朝陽山 : 강원도 정선군 북실리와 애산리에 있는 산(620m) 정선읍의 안산案山으로 본래 이름은 대음산大陰山인데 영조 때 조양산으로 바꾸다.

40) 이운파(李雲坡, -?) : 건봉사 스님. 1885년 운파雲坡스님이 모연금으로 건봉사 대웅전 · 관음전 · 명부전 · 사성전의 문을 改造하고 대웅전 후면을 돌로 쌓고 1886년 명례궁明禮宮의 토지를 매입하다.(천년고찰 건봉사 사적기)

25. 건봉사 이만허李滿虛 강백 시

遙憶金剛本玅容　　元公到此住閑筇
水流幽谷聲聲曲　　雲起石頭点点峰
古祖生涯庭上樓　　今人世事澗前松
箇中眞意想何在　　月落梵樓一磬鐘

금강산의 본래 멋진 모습 아득히 기억해보니
원효스님 여기 와서 지팡이 놓고 머물렀네.
물 흐르는 계곡에는 소리소리 무생곡無生曲이요
바위 끝에 구름 일어나니 지점마다 우뚝한 봉우리라
옛 조사 생애는 뜰 위의 설법하는 누각이요[41]
요즘 사람 세상 일은 개울 앞의 소나무로다
그 중에 진실한 의미는 어디 있을까 생각하는데
달 지는 범종루에 종소리 한 번 울리도다.

江原道 杆城 乾鳳寺 講師 李滿虛
강원도 간성 건봉사 강사 이만허[42]

41) 고조생애정상루古祖生涯庭上樓는 "武士의 생애는 한 자의 칼이요, 文士의 생애는 한 자루 붓이요, 禪僧의 생애는 한 자루의 주장자이다.[武士生涯一尺劒 文士生涯一柄筆 宗師生涯一箇拄杖]"라는 글을 떠올리게 하는 시어이다.(경봉선사와 장지연의 편지글, 범어사 동산東山선사법어.)

1920년대 금강산 건봉사 전경 (출처 : 국립중앙박물관)

건봉사 석가모니 치아사리탑

42) 이만허(滿虛, -?) : 건봉사 스님, 만공滿空의 제자. 나중에 부안 내소사에 주석하시던 강백講伯으로 해안(海眼鳳秀, 1901-1974))선사의 은사. 생몰년 미상.

26. 건봉사 이금암李錦菴 선사 시

勝地江山化新容　　遠方遊客飛錫笻
人求別景蓬萊谷　　天下名岩彌勒峰
一座遺風振大地　　千人得道弄枝松
消風翫絶明幽處　　且善頭陀說法鍾

명승名勝의 강과 산을 새 모습으로 단장하니
먼 곳에서 온 나그네 지팡이 날리며 머무르네.
사람들 좋은 경치라서 봉래산蓬萊山 계곡 찾는데
천하에 이름난 바위는 미륵봉彌勒峰이라 하네.[43)]

43) 미륵봉彌勒峰 : 강원도 고성에 있는 금강산의 봉우리, 그 남쪽 깊은 곳에 남초암南草庵이 있다. 한때 서산대사가 이곳에 머물면서 삼몽음三夢吟을 지었다.

한 자리에 남은 원효의 가풍은 대지를 진동하더니

천 사람이 도 얻고는 솔가지 희롱하며 설법하네

바람이 쓸고가서 환하고 절경인 도량에서

경봉스님이 설법 잘한다는 종소리 울리네.

乾鳳山人 李錦菴
건봉산인 이금암[44]

44) 금암의훈(錦庵宜勳, 1879-1943) : 건봉사 스님 만화萬化스님의 제자. 황해도 금천 출생. 속명은 이교재李敎宰. 봉명학교鳳鳴學校를 세우고 인재양성에 힘쓰고 사형인 만해卍海스님과 독립운동을 하였다. 대련덕문大蓮德文스님 주지시에 감무監務소임을 보다. "1921년, 건봉사 여섯째 만일염불회를 주관하였고, 1927년에 건봉사 주지로 이대련李大蓮이 맡고, 감무 이금암李錦庵은 만일회 화주를 맡았다."(洪潤植,「건봉사 가람의 성격」1990년)

27. 건봉사 김경호金鏡湖 선사 시

新出金剛換舊容　　幾多翫客住其笻
林間鳴鳥聲聲鼓　　岩上層雲点点峰
一代聖蹤成古礎　　千年景色老養松
此中眞意何所在　　時聞孤庵警世鍾

신금강을 내보이며 옛 금강 모습 바꾸더니
몇 번이나 완상하는 나그네 지팡이 머물렀나?
숲속에 우는 새는 소리마다 북소리 닮았고
바위 위로 쌓인 구름은 점점마다 봉우리 같네.
일대 성인[元曉]의 종적은 옛 주춧돌 되었더니
천 년 빛나던 경치 속에 소나무도 늙었구나!
이 가운데 진실한 의미는 어디에 있을까?
때맞춰 외딴 암자에서 세상 깨우는 종소리 울리도다.

江原道 乾鳳寺 金鏡湖
강원도 건봉사 김경호[45]

---

45) 금파경호(錦波鏡湖, 1865~1915) : 경호스님이 지리산 영원사 강백 당시에 연담유일(蓮潭有一, 1720-1799) 저술《주지기住持記》는 화엄경사기 중 십지부분을 필사한 책이다.《조선사찰사료》慶尙南道之部에 한시가 있다.(불교학술원아카이브 자료)

28. 건봉사 김광엽金光燁 선사 시

獨擅嶺南佳麗容　　送迎觀客許多節
秀色月明三五夜　　玟痕靈括一千峰
百代淸風聞黃鶴　　四時幽景任靑松
誰知此日金剛換　　我打數聲紀念鍾

홀로 드러난 조령鳥嶺 남쪽의 수려한 신금강이여
구경하는 길손 보내고 맞이하던 지팡이 허다하도다.
빼어난 형색이 비쳐서 달 밝은 보름날 밤
옥의 티는 있어도 천 봉우리 모두가 신령해 보이네.
백 대를 불어오는 청풍淸風에 황학黃鶴의 소리 듣고[46]
사시사철 그윽한 경치는 푸른 소나무에 맡기노라.
누가 알리요, 오늘에 신금강新金剛이라 이름 바꾼 것을
내가 여러 번 종을 치며 기념 삼아 알리리라.

江原道 乾鳳寺 金光燁
강원도 건봉사[47] 김광엽

46) 황학루黃鶴樓 : 중국 호북성 武漢의 창장(長江, 양쯔강)에 있는 오래된 누각. 악양루岳陽樓 등왕각滕王閣과 함께 강남 3대 명루名樓로 불린다. 여기에 당대 시인 최호(崔顥, 704?~754)의 고시古詩 황학루黃鶴樓가 유명하다.

47) 건봉사乾鳳寺 : 창건은 본래 신라 열산현烈山縣 金剛山 남쪽에 서봉사西鳳寺라는 절이 있었는데 건방乾方에 고개가 있고, 큰 돌이 봉황이 날으는 모양 같아서 乾鳳寺라 이름하다.

29. 건봉사 오경호吳擎皓 선사 시

化翁畵出本眞容　　初祖元公住此笻
洞僻靑猿閒萬壑　　山高白鶴舞千峯
定中活句當空月　　物外淸緣付澗松
欲問回頭前古跡　　但聞蘭若梵鳴鐘

조화옹造化翁[48]이 진리의 모습 그려내 보이니
초조初祖인 원효元曉스님 여기에 지팡이 머물렀네.
동천 구석에 사는 파란 원숭이는 여러 골짜기에 뛰놀고
높은 산의 백학白鶴은 천 봉우리에서 훠-얼 훨.
선정 중에 활구活句 들고 하늘에 뜬 달 마주하니
세상 밖의 맑은 인연은 시냇가 소나무에 부치노라.
머리 돌려 지나간 옛 자취 물으려 하였지만
난야蘭若에 울리는 범종소리만 들릴 뿐이네.

江原道 乾鳳寺 吳擎皓
강원도 건봉사 오경호[49]

48) 조화옹造化翁 : 우주의 만물을 만든 신, 조물주造物主와 같은 뜻.
49) 오경호(吳擎皓, -?) : 건봉사 스님, 한때 충남 공주公州에서 포교소布敎所를 운영한 것으로 보인다. 昭和 2년(1927) 11月 22日 本寺의 忠淸南道 公州郡 本町 佛敎布敎所 內 吳擎皓 포교계布敎屆가 보인다.(불교지 제49호) 생몰년 및 행적 미상.

30. 건봉사 윤관성尹觀性 선사 시

山明水麗本眞寂　　元祖餘蔭一錫笻
絶壁危高開別界　　迷雲散盡露奇峰
古人蹤跡名留石　　騷客風流韵在松
忘却世間塵勞事　　梵樓落日但聞鍾

산수가 밝고 수려한데 본래로 진정 고요한 것은
원효조사 남긴 음덕과 한 개의 석장이라네.
절벽은 위태하고 높아 별유천지別有天地 열었더니
자욱한 구름 다 흩어지고 기암 봉우리 드러났네.
옛 사람 발자취와 그 이름 바위에 남겼고
떠들던 시인詩人들 풍류와 정취는 소나무 끝에 남았네.
세간의 티끌 번뇌 다 잊은 이곳에는
해질녘 범종루에 종소리만 들릴 뿐이네.

江原道 乾鳳寺 尹觀性
강원도 건봉사 윤관성[50]

---

50) 윤관성(尹觀性, -?) : 건봉사 스님. 본《신금강내원사시선집》에 건봉사 승려가 9명이나 된다. 이운파李雲坡, 이만허李滿虛, 이금암李錦庵, 김경호金鏡湖, 김광엽金光燁, 오경호吳擎皓, 윤관성尹觀性, 정금봉鄭錦鳳, 범하梵河스님 등.

31. 정산鼎山 김영태金永泰 거사 시

誰能盡畵此山容　　客立斜陽駐短笻
千年石白頭頭佛　　三月花紅花花峰
谷空日暖鸞捿竹　　塔古雲深鶴舞松
一小金剛圓寂地　　輒思元曉曉鳴鐘

누가 이 신금강 운치 다 그려낼 수 있을까?
석양길에 선 나그네 짧은 지팡이로 멈추었네.
천년된 하얀 바위는 머리마다 부처 모습이요
삼월의 붉은 꽃은 송이송이 봉우리 닮았네
텅빈 계곡 따뜻한 날에 난[鸞]새는 대숲에 살고
구름 자욱한 고탑古塔에 학은 솔숲에서 날개짓 하네.
한결같이 소금강인 원적산 좋은 도량에서
문득 원효스님 생각타가 새벽 종소리 들었노라.[51]

梁山郡 三師里 鼎山 金永泰
양산군 삼수리 정산 김영태

---

51) 효명종曉鳴鐘은 깨달음의 종소리를 상징하는 시어詩語이다.
52) 전남명(田南溟, ?-?) : 1921년 일제시 30본사 주지회의 명단에 귀주사歸州寺 주지로 등재되다. 생몰년 미상.(불교지 제22호) ○귀주사歸州寺 : 함경남도 함주군 설봉산雪峰山에 있는 절. 고려 문종文宗 때 도승 봉현鵬顯이 창건하여 정수사淨水寺라

32. 귀주사 전남명田南溟 선사 시

不寬不窄意從容　　也帶周行七步節
月白千人留跡地　　風淸初祖有聲峰
穿石猶存求藥杵　　依雲只在問童松
終知迦葉來於此　　大佇須彌頂上鍾

넓지도 좁지도 않아 마음은 조용한데
또 두루 오가며 가졌던 건 일곱 걸음 지팡이로다.
달 밝은 천성千聖 유적을 분명히 드러내니
바람 불어오듯 원효조사 설법소리 봉우리에 울[illegible]도다.
산중에 뚫린 바위엔 약 찧든 절구 아직 남았는[illegible]
구름에 의지해 어디 계시냐고 어린 소나무에 [illegible]노라.
가섭 부처님 일찍이 이곳에 오셨다는
크고 예쁜 수미산 종소리인 줄 끝내 알았노라.

咸興郡 歸州寺 住[illegible] 田南溟
함흥군 귀주사 주지 전[illegible]

하다. 조선 태조太祖가 개국 전에 이 절에서 공부하였고, 그 후 1401년(태종 1년) 이성계가 이 곳에 은신했던 사실을 기리기 위해 귀주사로 개칭하고, 왕실의 원당願堂으로 관북關北의 대가람大伽藍이 되다. 1911년 함남에서 유일한 31본산本山의 하나로 82개의 말사를 거느리다.(두산백과사전)

33. 학산鶴山 전용규田用圭 거사 시

金剛舊號彰新容　　爲愛金剛住短笻
勞力躋攀斜細徑　　快心眺望秀諸峰
虛明影倒寒潭月　　蒼鬱光凝邃壑松
終古靈區留待主　　鏡師悟道擊昏鍾

금강이란 옛 이름에 신금강 모습 드러내고
금강산을 좋아하여 짧은 지팡이로 머물렀네.
애써 근근히 한적하고 가파른 산길 기어오르니
마음부터 상쾌해져 빼어난 봉우리 눈에 들어오네.
텅 비고 밝아 연못의 찬 달이 거꾸로 비치고
푸르고 울창한 풍광은 계곡 소나무에 맺혔네.
옛부터 신령스런 이 땅은 주인 오기만 기다렸는데
경봉鏡峰선사 깨달은 소식 저녁 종으로 엄지척하네.

蔚山郡 彥陽邑 盤松里 鶴山 田用圭
울산군 언양읍 반송리 학산 전용규[53]

---

53) 전용규(田用圭, ?-?) : 울산군 언양읍 반송리 출생. 호는 鶴山. 아마도 세속인으로서 詩文에 능한 분으로 추정된다. 생몰년 미상. 양산시 어곡동 산계곡 바위글씨에 여러 사람 이름 중에 보인다.

34. 괴음槐陰 권태성權泰成 거사 시

恠奇難可盡形容　　尋境誰曾不住筇
百里山來中一壑　　四圍碧立上千峯
任意飛行無數鳥　　幾年長大有如松
創設何時人已古　　至今遺在夕陽鍾

괴이하고 진기한 산세 다 형용할 수 없는데
빼어난 경치 찾던 누구라도 지팡이 머물지 않을까?
백 리를 산길로 오르다가 그중에 한 골짜기에서
사방이 깎아지른 절벽 타고 천 봉우리에 오르네.
제멋대로 날으는 셀 수 없는 새들은
몇 년을 자라야만 저 소나무와 같아질까?
창건한 게 언제인지 아는 사람 다 돌아갔는데
지금에 남은 건 석양에 들리는 종소리 뿐이네!

槐陰 權泰成
괴음[54] 권태성

54) 괴음진槐陰鎭 : 충청북도 괴산槐山과 음성陰城 진천鎭川을 아우르는 지역을 괴음진槐陰鎭이라 한다. 그래서 권태성權泰成 거사도 그 지역에 사는 거사임을 알 수 있다.

35. 우계友溪 김상형金商炯 거사 시(2)

金庵佳景爲誰容　　元曉已曾放錫筇
崢嶸形像千年佛　　旁礴精神萬丈峰
尋路不妨橫穿竹　　開門猶善倒看松
最愛鏡師淸寂意　　認取惺惺自鳴鐘

금봉암金鳳庵의 아름다운 경치는 누구 모습 닮았을까?
원효조사 일찍이 머무시며 지팡이 놓았다네
높고 가파른 형상은 천년 된 부처님을 닮았고[55]
도 닦던 정신은 만 길 되는 산봉우리에 섞여 있네.
길을 찾는데 대나무로 가로막은들 무엇이 방해될까?
문을 여니 거꾸러진 소나무 더 잘 보이네
경봉선사의 맑고 고요한 마음을 가장 사랑한 건
성성하게 울리는 자명종自鳴鐘 소리인 줄 알겠노라.

友溪生 金商炯
우계생 김상형

---

55) 경봉선사의 「양산의 신금강」에, "高峰山 꼭대기는 천성산 중에서 제일 높은 봉우리로 高峯祖師가 見性한 곳이며, 千態萬奇가 구금강의 毘盧峰과 상사하고, 元曉庵의 경개는 正陽寺와 상사하고, 金鳳庵의 절경은 須陀庵과 상사하고, 見性庵의 경개는 頓道庵과 상사하고, 成佛庵의 경개는 般若庵과 상사하고, 彌陀庵의 彌陀窟은 구금강의 普德窟과 상사하고, 安寂庵 · 曹溪庵은 구금강의 佛地庵과 萬灰庵의 승경과 상사하니 신금강이 여기로다."라 하다.(축산보림지 제3호)

36. 차성윤車性倫 거사 시(1)

此山難可以言容　　千聖如留一道笻
內院自非凡俗院　　鏡峰居是美諸峰
路穿溪壑三分石　　洞抱雲林半新松
新見金剛何羨舊　　名聲到處似傳鍾

이 신금강의 풍광은 말로 표현하기 어려운데
천 분 성인은 일도 지팡이[一道笻]로 머무신 듯[56]
내원사는 본래로 범부의 속된 집 아니기에
경봉선사가 여기 머무시니 어떤 봉우리보다 아름답네.
산길은 험준한 계곡 지나다가 바위로 인해 나뉘고
동천에는 구름이 에워싼 숲에 어린 소나무가 반이로다.
신금강을 보았는데 어찌 구금강을 부러워하랴!
명성이 이르는 곳마다 종소리처럼 퍼지는구나.

白鹿里 車性倫
백록리 차성윤[57]

56) "문수여, 모든 법이 항상 그러해 법왕께선 오직 한 법뿐이니 일체에 장애함 없는 사람들 한 길로 생사에서 뛰어나리라"[文殊法常爾 法王唯一法 一切無礙人 一道出生死](화엄경 보살문명품 제10) 원효스님의 무애無礙사상을 대변하는 애송구.
57) 차성윤(車性倫~?) : 《성해선사수연시》에 축선사수연祝禪師壽宴이란 제목의 차성윤이 지은 시詩 한 수가 있다. 백록리白鹿里라 했으니 양산에 살던 거사로 생각된다. 생몰년 미상.(1914년, 불교기록문화유산아카이브 자료)

37. 차성윤車性倫 거사 시(2)

連天彷彿削金容　　秋去春來住幾筇
八十里回深谷谷　　一千聖立秀峰峰
世人逐外尋玄圃　　仙釋居中學赤松
意必其間賢者有　　曉禪歸後鏡師鍾

하늘에 맞닿은 모습은 금옥金玉을 깎은 듯하고
가을 가고 봄이 오는데 몇 사람이 지팡이 머물렀나?
팔십 리를 돌아도 깊은 골짜기마다 이어져서
일천 성인은 빼어난 봉우리마다 서 계시네.
세상 사람 여기저기 찾던 현묘한 땅에서
신선 같은 불자들 거기 살며 적송자赤松子에 배운다네.
생각컨데 그 사이에 반드시 현자賢者가 나온다 하더니
원효스님 가신 뒤에 경봉선사가 종소리 울리었네.

車性倫
차성윤

38. 신서효辛瑹孝 거사 시

名區千聖畵難容　　誰識先師植道笻
廣張佛國三千界　　不下金剛萬二峰
喜情手種門前柳　　琴韵耳和澗上松
深庵釋子閑無事　　聲送山河月滿鍾

이름난 도량 천성산은 그 모습 그리기 어려운데
누가 알리요? 선대 스님들 도 지팡이 여기 심은 줄
부처님 국토인 삼천세계를 온통 다 펼치어도
금강산 1만 2천 봉에는 미치지 못한다네.
기쁜 마음으로 문 앞에 버드나무 손수 심었더니
귓가에 들리는 거문고 소리는 물가 소나무와 어울리네.
인적 드문 암자에 스님들 일 없이 한가한데[58]
산과 강으로 종소리 퍼지는데 달빛은 범종루에 가득하네.

新坪藥局 辛瑹孝
신평약국 신서효[59]

58) 석자釋子 : (1) 불자佛子와 같은 말 (2) 스님의 뜻.
59) 신서효(辛瑹孝, -) : 신평약국 藥師. 新坪은 통도사 앞 동네 이름. 예전에는 약국 주인이나 白鹿里 주민도 漢詩를 짓는 걸로 봐서는, 1920년대 이 詩選集에 소개된 작가作家들은 도지사道知事나 판검사 級이었다고 德旻講白이 알려주셨다.

39. 축산보림 학사 이종천李鍾天 스님 시

祥雲瑞氣掩山寂　　年慕元師昔住節
急水恰流龍鳳瀑　　危巖宛列祖孫峰
誦經法侶漱甘露　　騎鶴仙人伴赤松
慳秘千年佳錫號　　金剛南鷲爭新鐘

축산보림지 창간호 표지
(통권 6호, 1920.1~1920.10)

길상하고 상서로운 구름은 산을 덮어 고요한대

어려서부터 사모하던 원효조사 예전에 여기 머무셨네.

떨어지는 세찬 물살은 용봉龍鳳의 폭포와 같고[60]

우뚝 솟은 바위는 조손祖孫처럼 줄 지어 섰네.

경 외우던 도반은 감로甘露로 구업을 씻고

학을 타던 신선은 적송자赤松子와 벗 되었네.

천년동안 멋진 지팡이란 이름 아끼고 감추더니

신금강 남쪽 오리는 새 종소리를 다투듯 좋아하네.

鷲山寶林 雜誌社 學士 李鍾天
축산보림 잡지사 학사 이종천[61]

60) 용봉폭龍鳳瀑 : 중국 하남성河南省 태행산太行山에서 가장 빼어난 선인의 명산인 곳인 운대산雲臺山에 용봉벽龍鳳壁이 있고 그곳 폭포가 장관壯觀이다.

61) 이종천(李鍾天, 1890-1928) : 구한말 고성 옥천사 출신 스님. 통도사의 지원을 받아 조동종曹洞宗 동양대학 철학교육과 졸업(1919). 구하스님이 설립한《鷲山寶林》잡지사 편집겸 발행인으로 활동하고, 또 學士로 직접 '조선문학사개론'을 쓰기도 하다. 스님은 동래고보 교사, 진주불교선양강습소, 조선불교청년회에서 교육과 포교사업에 앞장서다가 1928년 10월 울산에서 38세로 입적하다.(불교 제54호, '한국불교 격동 100년')

40. 구덕조具德祚 거사 시

聖山萬疊遍難容　　遊客詩人日住節
靈異祕傳幾百禩　　恠奇幻花萬千峰
元師遺跡徵諸石　　仙子飛驂訪彼松
誰識金剛南國出　　點心不語自鳴鐘

천성산은 만 번 첩첩하여 두루 형용키 어려운데
놀러온 시인과 묵객墨客은 날마다 지팡이 머무르네
영험과 비밀로 전해온 불법이 몇 백 년이 흘러서
괴이하고 환술 같은 꽃은 봉우리마다 가득하네.
원효조사 남긴 자취 모든 바위에 징조 보이고
신선들은 마차 타고 나는 듯 소나무를 찾네
누가 알리요, 신금강이 남쪽 땅에서 나올 줄을
마음에 점 찍더니 말없이 자명종自鳴鐘 울리네.

具德祚
구덕조

41. 석봉石峰 김관호金琯昊 거사 시

新剛削花舊剛容　　遠客今回伴一筇
異艸奇花分四節　　靈區閒趣鎖千峰
聖人古跡流如水　　濁世淸岑獨任松
滌盡塵緣僊夢穩　　芳魂不覺耳邊鍾

신금강에 꽃 새겨서 구금강 모습 되었는데
멀리 갔던 나그네 돌아와 지팡이로 벗을 삼네
기화요초奇花瑤草 예쁜 꽃으로 사계절을 피더니
신령한 땅의 한가한 정취는 천 봉우리에 감추었네.
성인들 오랜 행적은 흐르는 강물과 같아서
혼탁한 세상에도 맑은 산중에는 소나무만 자유롭네.
티끌 인연 씻어내니 춤추듯 꿈인양 편안하고
꽃다운 영혼은 몰란 결에 종소리 들었다네.

梁州 周津里 石峰 金琯昊
양주 주진리 석봉 김관호

42. 김창유金昌有 거사 시(1)

山舊金剛新改容　　想應千聖遺三笻
南連沆瀁滄溟海　　北接崢嶸靈鷲峰
潤物淸溪分衆派　　脫塵層石戴千松
此知法界禪修道　　記否當年飯後鍾

산은 구금강을 신금강으로 그 모습 바꾸지만
생각으론 천성千聖과 응하여 지팡이 세 개 남기었네.[62]
남쪽으로 이어진 너른 물은 크고 푸른 바다[滄溟海]가 되어[63]
북쪽으론 뾰족뾰족 영축산 상봉으로 이어졌네.
만물을 윤택하고 맑은 계곡은 여러 줄기로 나뉘더니
번뇌를 벗어난 층층 바위는 소나무를 이고 있네.
이곳이 진리세계의 참선 도량인 줄 아시라
기억하는가? 그 당시 밥 먹은 뒤늦게 종소리 들은 것을

白鹿里 金昌有
백록리 김창유

62) 삼공三笻 : 세 개의 지팡이가 상징하는 것은 원효元曉와 경봉鏡峰과 신금강新金剛의 지팡이로 볼 수 있을 듯.(역자주)
63) 창명해滄溟海 : 넓고 큰 푸른 바다이니 시문詩文에서 상상 속의 바다를 상징하는 말로 쓰인다. 창해滄海라고도 쓴다.

43. 통도사 김구하金九河 선사 시(1)

縱有神毫畵未容　　巨靈猶似訶塵笻
懸泉怒瀑初疑雪　　疊石飛巖竟起峰
金殿虛無千聖蹟　　桂輪惟照舊時松
悠悠五十年間夢　　晩醒斜陽數杵鍾

비록 신령스런 붓으로도 신금강은 그리지 못하다가
크고 신령한 모습은 되려 세상 꾸짖는 지팡이 같아라
허공에 매달린 샘물은 성난 폭포라 처음엔 눈인 줄 의심했고
겹겹이 날렵한 바위는 끝내 산봉우리로 일어나네.
금빛 궁전은 텅 비어 천성 자취만 남았는데
계수桂樹나무 달은 옛날 소나무만 오로지 비추네![64]

64) 계륜桂輪 : 달을 지칭하는 말. 계남桂男, 계백桂魄, 계월桂月, 태음太陰도 비슷한 말이다.

유유자적悠悠自適 오십년 일 꿈처럼 지나다가
늦게사 깨어보니 석양에 북과 종소리 자주 들리네!

佛刹大本山 通度寺 住持 石蓮 金九河
불찰대본산 통도사 주지 석연 김구하[65]

65) 구하천보(九河天輔, 1872-1965) : 근대 통도사 선지식, 호는 구하九河 자호는 축산鷲山, 13세에 천성산 내원사 주관主管에게 출가하고, 1890년 예천 용문사 용호해주龍湖海珠에게 경전을 배우고, 통도사 성해聖海선사의 법을 잇다. 1916년 총섭總攝 고산진일古山眞一의 도움으로 명진학교明進學校를 설립, 교장이 되다. 1919년 상좌 상완尙玩이 여러 번 상해임정上海臨政에 독립군 군자금을 출연出捐하다. 제자에 월하희중이 법을 이었다.

44. 해우海愚 윤병문尹柄文 거사 시

迴拜新剛想聖容　　上人金子住飛筇
三千大界藏來地　　萬二高山幼後峰
燈落思窮同坐佛　　庭空步緩獨聽松
乾坤不必長爲夜　　客耳將先內院鍾

멀리서 신금강에 절하고 성인 모습 떠올리며
스님은 부처님 제자로 나는 듯 가서 수행하네.[66]
삼천 대천세계에 미래의 땅을 감추고 나니
1만 2천 높은 산은 천성산보다 어려 보이네.
등불도 생각도 다하여 부처님과 함께 앉았는데
빈 뜨락에 느릿느릿 홀로 솔바람 소리 들었네.
그런다고 건곤乾坤이 밤을 길게 늘리지 못하지만
나그네 귀에는 아마도 내원사 종소리 먼저 들리리라.

馬山府 萬町 二七八 海愚 尹柄文
마산부 만정 278 해우 윤병문[67]

---

66) 금자金子 : (1) 부처님의 아들 곧 불자佛子와 비슷한 말. (2) 금이나 황금을 뜻한다. 여기서는 (1)의 뜻으로 본 시선詩選에 금자金子 석자釋子라 표현하다.

67) 윤병문(尹柄文, -?) : 마산 불자이면서 김기종金基鍾의 편지에 등장하는 것으로 보아 마산 정법사에서 천성산 내원암 주지로 가는 경봉스님께 보낸 석별惜別의 시로 보인다.(불교기록문화유산아카이브 자료)

45. 최도수崔道壽거사 시

此中山水不形容　　野客禪人每住筇
何論錦閣三千道　　猶勝金剛萬二峰
千聖遺踪看塔佛　　四時春色秀嶺松
中有一菴無限景　　橫樓老釋又鳴鐘

이 신금강의 산과 물은 다 형용할 수 없는데
철마다 다니는 참선 수좌들 언제나 지팡이 머물렀네.
무엇하러 법당[錦閣][68]으로 가는 삼천 가지 길을 말하리요?
오히려 금강산의 1만 2천 봉보다 더 훌륭하다네.
천성千聖의 남긴 자취 찾아 탑과 불상을 보았는데
사계절로 봄 빛깔이 산마루 소나무보다 빼어나네.
무한한 경치 속에 암자 하나 남았는데
노을 비낀 누각에서 노스님이 또 종소리 울리네.

龍淵里 崔道壽
용연리 최도수

68) 금각錦閣 : 금선대金仙臺나 금당金堂처럼 부처님 모신 법당을 말한다.

46. 황치상黃致祥 거사 시

嶰嶜石骨幻新容　　此世行人可住笻
修道淨天還似佛　　連崖曲路出重峰
煙迷西鷲雲中樹　　月上南華澗畔松
手把金剛經一讀　　半窓如聽正陽鍾

층층으로 험준한 바위에 환술 같은 신금강 모습이여
이 세상 수행인은 누구나 지팡이 머물려 하리라.
정천淨天에서 도 닦으니 도리어 부처님과 비슷하고
벼랑에 연이어 굽은 산길에 중첩한 봉우리 내보이네.
자욱한 노을에 서쪽 독수리는 구름 낀 나무에 사는데
달 뜨자 남쪽 꽃은 개울가 소나무에 피었네.
금강경을 손에 잡고 독경 한 번 하고 나니
반쯤 열린 창으로 정양사正陽寺 종소리 들리는 듯하네.[69]

龍淵里(三甘里) 黃致祥
용연리(삼감리) 황치상

69) 정양사正陽寺 : 금강산의 주봉主峯인 비로봉毗盧峯 정맥이 뻗어와 서기瑞氣를 품은 바로 그 자리에 자리잡았기에 정양사라 이름하였다. 절을 감싸는 뒷산 봉우리는 금강산에 상주하시는 법기보살法起菩薩의 방광대放光臺가 있다.

정양사(正陽寺) 북한 강원도 회양군 내금강 표훈사(表訓寺) 북쪽에 있는 삼국시대 백제의 승려 관륵과 강운(降雲)이 창건한 사찰. 일제 강점기 31본산이 지정된 때에는 유점사(楡岾寺)의 말사였다. 661년(문무왕 1)에 원효(元曉)가 중창하였다. 이 절이 사세(寺勢)를 크게 넓힌 것은 고려 태조의 중창에서 비롯된다. 겸재 정선의 정양사 그림.

47. 대흥사 이경진李景珍 선사 시

山勢含章絶妙容　　隨緣此日住行笻
金床玉机仙遊室　　雲闕天門世外峰
溪流淸淺出白石　　巖路高傳秀老松
蓬萊賞跡問何在　　先賢應聞梵界鍾

산세山勢도 글을 품어선지 절묘한 모습인데
인연 따라 이 날에도 지팡이 짚고 수행하였네.
금빛 평상 옥빛 책상은 신선이 놀던 집이요
구름 대궐 하늘 문은 세상 밖의 봉우리인 듯.
계곡에 흐르는 맑은 물에서 하얀 바위는 솟아나고
바윗길 높이 전하는 곳에 늙은 소나무가 빼어나네.
봉래산蓬萊山 감상할 흔적 어디 있는가 물었더니
선대 현인은 범천 세계 종소리 잘 들으라 하네.

海南郡 大興寺 李景珍
해남군 대흥사 이경진

48. 김창유金昌有 거사 시(2)

金剛秀骨露眞容　　修道禪師擬錫笻
南望梵魚猶近域　　北通捿鷲最高峰
春深紅國鵑還杜　　夜宿白雲鶴拂松
元曉新庵知不遠　　精靈如降月邊鍾

신금강 빼어난 골격에서 진여 모습 드러내니
수행하는 선사들은 석장 놓고 머물려 하네.
남쪽을 바라보면 범어사梵魚寺가 더욱 가까웠고
북쪽으론 축서산鷲捿山 꼭대기와 통하도다.
봄 깊은 예쁜 나라에 두견새로 돌아오고
흰 구름은 밤새 잠자고 학은 소나무에 둥지 트네.
새로 지은 원효암元曉庵이 멀지 않은 줄 알다가
정령精靈들은 달빛 아래 종소리처럼 내려오네.

白鹿里 金昌有
백록리 김창유

49. 울산포교당 김환옹金幻翁 선사 시

茲山獨帶佛天容　率衆宗師騎錫笻
濟世華經治利橛　傳心燈火破昏峰
難測神方三寸葛　已惺年數幾圍松
百代後生瞻仰地　惘然醒聽梵王鍾

이 산에만 유독 부처님을 둘러선 하늘 모습이여
대중 거느리던 종사宗師는 모두를 석장에 태웠네.
세상을 구제하는 화엄경華嚴經은 이익 다스리는 말뚝 되고
마음 전하는 등불은 어둠 밝히는 봉우리 되었네.
헤아릴 수 없는 신비한 약 처방은 칡뿌리[葛根] 세 마디인데
깨어나 햇수 세어보니 몇 년이나 솔밭이였을까?
백 대 지나 후생들이 우러러볼 땅일테니
망연하다 깨어나 범천의 종소리 들으리라.

蔚山郡 布教堂 香山 金幻翁
울산군 포교당 향산 김환옹[70]

70) 김환옹(金幻翁, ?-?) : 日帝 때 서울 安養庵 주지로 계시던 스님, 나중에 울산포교당 해남사와 월봉사 주지역임, 생몰년 미상.(불교지 제4호)

50. 소하素河 박문보朴文普거사 시

見山如對聖人容　　遠外諸師日拄筇
萬里浮金投一板　　十方通皷揭中峰
頑龍受偈歸寒鉢　　老鶴聞經下暮松
自是世間多信士　　家家醒坐曉天鍾

산을 보니 마치 성인 얼굴 친견한 듯
멀리서 찾아온 스님들 날마다 지팡이 짚었네.
만리 먼 곳에서 금고金鼓 띄워 현판으로 한번 던지더니[71)]
시방으로 알리는 법고法鼓를 짚북재[中峰]에 걸었다네.

---

71) 투일판投一板 : 《송고승전》에 의하면 원효스님이 중국 당나라 태화사(太和寺, 혹은 法雲寺) 승려들이, 장마로 인한 산사태로 매몰될 것을 예견하고 "해동원효척판구중海東元曉擲板救衆"이라고 쓴 현판을 날려, 그들을 구해준 인연으로 천 명의 승려들이 신라로 와서 스님의 제자가 되었다. 이에 원효는 천성산에 89개 암자를 지어 대중을 수용하였고, 천 명 대중은 화엄벌에서 원효스님의 화엄경 강설을 듣고 모두 득도했다. 지금도 짚북재[藁皷嶺]와, 화엄벌華嚴筏, 장안사長安寺 뒤쪽에 척판암擲板庵이 남아 있다.

둔한 용龍에게 받은 게송을 찬 발우에 담아 돌아오고[72]
나이든 학은 독경 소리 듣다가 해질녘 소나무에 내려앉네.
이로부터 세상에는 믿는 사람 많아지더니
집집마다 깨어나 앉아 새벽 종소리 듣는구나!

蔚山郡 邑內 素河 朴文普
울산군 읍내 소하 박문보

기장 장안사(長安寺) 척판암(擲板庵) 전경

72) 귀한발歸寒鉢 : 이것은 龍樹보살이 용궁에 들어가 가져온 경을 華嚴經이라 한 것을 뜻한다.

51. 동산東山 이기인李基引 거사 시

金剛之上覓眞容　　聞道道人昔歇筇
地闢周回八十里　　天藏尖削萬千峰
古庵處處雲中塔　　絶壁間間雪後松
欲問元師聲息邈　　一樓寂寂但餘鍾

신금강 산중에서 진리 모습 찾으려고
도인道人 말씀 들으니 옛부터 지팡이 놓고 쉬었다 하네.
땅이 개벽하고 팔십 리를 두루 돌아서
하늘에 감추었다가 만천 봉우리를 깎아 만들었네.
옛 암자 곳곳에는 구름 속에서 탑이 솟고
절벽 사이마다 눈 맞은 소나무 보이네
원효스님 숨소리 멀어진 것 물으려 하는가?
누각 고요하고 고요한데 종소리만 남았도다.

龍淵里 東山 李基引
용연리 동산 이기인[73]

---

73) 이기인(李基引, ?~?) : 양산 출생, 호는 동산東山, 통도사 山水契員 중의 一人. 舞風寒松路를 따라 一柱門 사이 바위에 새겨서 山水契라 쓰고 契員 29명의 명단에 이름이 쓰여 있다. 뒤의 지상호池尙壕와 같은 계원이라 보여진다. 생몰년 및 행적 미상.

52. 식재式齋 이규진李奎調거사 시

春粧秋飾聖山容　　幾度經過俗客筇
老釋精神明月閣　　飛仙蹤跡白雲峰
春煙匝地三分海　　碧浪連天四出松
最是箇中難畵景　　一聲留在上房鍾

봄은 꽃단장, 가을은 단풍드는 천성산 모습이여!
몇 번이나 세속 나그네 지팡이로 지나갔을까?
나이든 불자[老釋]의 정신은 밝은 달의 집이요,[74)]
나는 듯한 신선의 종적은 흰 구름 봉우리 같아라.
봄 연기가 땅을 돌더니 세 갈래로 바다를 나누고
푸른 물결 하늘에 맞닿으니 사방에서 소나무 보이네.
그 중에서 으뜸은 그릴 수도 없는 절경인데
한 소리 남은 것은 스님 방의 종소리로다.

慶州郡 式齋 李奎調
경주군 식재 이규진

74) 노석老釋 : (1) 나이든 스님을 지칭 (2) 나이든 석가 곧 황면노자黃面老子의 뜻.

53. 차진관車鎭寬 거사 시

較看楓嶽善形容　　許我登憶信一節
絶壁飛流銀萬瀑　　中天削插釼千峯
鹿跡蒼苔雙立石　　龍鱗赤甲十圍松
煙霞洞壑渾如畵　　南寺鍾殘北寺鍾

풍악산楓嶽山과 견주어 보아도 잘 생긴 모습인데
나를 산에 오르라고 허락한 기억은 지팡이를 믿는 때문.
절벽에서 은빛 폭포는 천만 갈래 물줄기로 날리고
중천에서 칼날 같은 천 개 봉우리를 꽂은 듯.
사슴 발자국, 푸른 이끼 속에 바위가 쌍으로 서 있고
붉은 갑옷, 용 비늘로 소나무를 열 번이나 에워쌌네.
동천 골짜기에 자욱한 노을은 흐릿한 그림 같고
남쪽 절 종소리 잦아들자 북쪽 절에서 종이 울리네.

車鎭寬
차진관

54. 이성우李成雨 거사 시

金剛好景畵難容　　新到禪師指點笻
香誠方妥觀音佛　　根脈來由鼎足峰
客宿天台應插竹　　僊從華嶽可餐松
卻我怱忙何日訪　　百花深處報春鍾

신금강 좋은 경치 그 모습 그리기 어렵다고
새로 오신 경봉선사가 지팡이로 가리키네
향 꽂은 정성 보면 관음보살, 부처님이 맞을텐데
근원 맥으로는 솥발산[鼎足山] 봉우리에서 유래由來하였네.
천태산天台山에 잠자던 나그네는 응당 대나무를 꽂더니
화악산華嶽山에 춤추며 오르면 솔잎을 먹을 수 있으려나.[75]
도리어 바쁜 중에 내가 어느 날 찾아가렸더니
온갖 꽃 어우러진 절에서 봄 알리는 종소리 들리도다.

白鹿里 李成雨
백록리 이성우

75) 양산 내원사 주변의 산이름 : 양산 하북면 정족산(鼎足山, 700m), 상북면 천성산(千聖山, 812m), 원동면 천태산(天台山, 631m), 서창면 대운산(大雲山, 742m), 상북면 원효산(元曉山, 922m) 밀양 부북면 화악산(華嶽山, 932m) 등이 있다.

55. 옥전玉田 이원춘李元春 거사 시

舊時圓寂幻新容　　能使遊人更住笻
天開石窟栖金鳳　　路轉巖阿出碧峰
西隣靈鷲迎諸佛　　南接蓬萊降赤松
讀罷金剛經一部　　中宵靜聞正陽鍾

예전의 원적산圓寂山을 환술로 신금강 만들더니
놀러온 사람들 다시 지팡이로 머물게 하는구나.
하늘은 석굴石窟 열어 금빛 봉황[金鳳] 살게 하더니
산길로 바위 언덕 돌아 푸른 봉우리 내보이네.
서쪽으로 영축산을 이웃하여 부처님 영접하고
남쪽으론 봉래산蓬萊山과 접하니 적송자赤松子가 내려오네.

금강경 한 부를 독송하여 마쳤더니

한밤중에 고요히 정양사正陽寺[76] 종소리 들리도나.

玉田 李元春

옥전 이원춘[77]

76) 정양사正陽寺 : 금강산에 있는 여러 사찰 중의 하나. 비로봉 정맥 바로 아래 자리 잡았으므로 정양사라 하였다

77) 이원춘(李元春, ?-?) : 구례군수를 역임하였고 李壽春의 兄으로 추정. 생몰년 미상 임란 의병 격전지 구례《석주관칠의사묘비명石柱關七義士墓碑銘》에 "구례 토지면 송정리에 위치한 구례 석주관石柱關 칠의사七義士 묘는 1597년(선조 30년) 정유재란 때 석주관을 지키기 위해 적군과 싸우다가 전사한 의사義士 7인과 구례현감 이원춘李元春의 묘로 1963년 국가지정문화재 사적 제106호로 지정됐다."고 전한다.

56. 송병원宋秉瑗 거사 시

新名換出舊山容　　人到靈區却駐筇
聖佛同千留地號　　風光第一插天峯
烟晨篆綺幽園竹　　月夜琴生隔水松
那與閑朋酬好約　　白雲深處聽歸鍾

신금강이라 이름 짓고 옛 금강산을 바꿔 내보이니
사람들 신령한 경치에 이르면 지팡이 멈추지 않으랴.
부처님과 천 분 성인이 함께 머물던 땅 이름인데
풍광이 제일인 곳은 하늘 봉우리를 꽂은 듯하네.
새벽 안개는 전자篆字처럼 아름다워 대나무숲 그윽하고
달밤의 거문고 소리에 계곡 넘어 소나무 살아났네.
어찌하여 한가한 벗과 만나자고 약속하였나?
흰 구름 깊은 도량에 종소리 듣고 돌아가네.

蔚山郡 檢丹里 宋秉瑗
울산군 검단리 송병원[78)]

---

78) 송병원(宋秉瑗, ?-?) : 송병선宋秉璿 선생의 三從弟로 추정. ○송병선(宋秉璿, 1836~1905)은 은진 출생, 자는 화옥華玉, 호는 연재淵齋, 동방일사東方一士, 시호는 문충文忠. 우암尤庵 송시열宋時烈의 9대손, 1905년 을사늑약이 체결되자 시정개혁과 일본에 대한 경계를 건의하다가 망국의 울분을 참지 못하고 음독 자결하다. 저서에『연재집淵齋集』이 있다.

57. 정포靜圃 이규철李圭哲 거사 시

龍蟠釼立絶寰容　　怕觸雲霄罕客筇
形勝擅得三千界　　氣勢摸來萬二峰
丹崖間聽無名鳥　　翠壁多生不老松
中有蓮坊仙釋在　　錫新嘉額警斯鍾

용은 엎드리고 칼을 세운 듯 세상에 드문 경치인데
구름 낀 하늘에 닿을까 두려운지 나그네들 떠나가네.
형상은 뛰어나서 삼천 세계에 다 드러났는데
기세 좋게 금강산 1만 2천 봉우리를 본떴구나.
붉은 절벽 사이로 이름 모를 새소리 들리고
비취빛 절벽에 늙지 않는 소나무 많기도 하여라.
그중 연밭 속에 신선 같은 스님 있는데
정석靖錫스님 편액 글씨 잘 썼다고 종소리가 알려주네.

馬山府 萬町 一七三番地 靜圃 李圭哲
마산부 만정 173번지 정포 이규철[79]

79) 이규철(李圭哲, 1854~1925) : 호는 일암一菴, 본관은 경주. 장성군 삼서 가산리 출생. 후석後石 오준선吳駿善과 교유했다. 《일암유고一菴遺藁》 5권 2책이 1936년에 간행되었는데 수십 편의 시가 전한다.

58. 회전晦田 김달희金達熙 거사 시

一片金剛畵莫容　　尋常遇去亦停笻
橫舖白練懸銀瀑　　疊擁蒼屛削釼峰
蹲虎恠奇幸偃石　　老龍盤屈牽居松
半日空軀空俗相　　晩雲晴罷落寥鍾

한 폭 그림으로 금강산을 그릴 수 없는데
어쩌다 만나러 가서는 또한 지팡이 머물렀네.
옆으로 흰색 비단 펴놓고, 은빛 폭포처럼 매달았고
첩첩이 푸른 병풍 안고 칼 같은 봉우리 깎아질렀네.
괴이하게 웅크린 호랑이는 다행히 눌러놓은 돌 같고
동굴에 서린 늙은 용은 소나무를 거느리는 듯
반 나절 겨우 사는 헛된 육신처럼 공한 세속 모습이여!
저녁 구름 개이니 쓸쓸한 종소리마저 그치도다.

陜川郡 三嘉面 吾道里 晦田 金達熙
합천군 삼가면 오도리 회전 김달희[80)]

80) 김달희(金達熙, -?) : 일제때 독립운동가. 생몰년 미상. 陜川三一運動 역사에 보면 "3월 23일 오후 3시경, 가회 · 쌍백 · 삼가면 등지에서 모인 1만 3,000여 명이 일제를 규탄하는 성토대회를 주도한 김전의金典醫 · 정방철鄭邦哲 · 김달희金達熙 · 임종봉林鍾鳳 중의 一人.

59. 영축산 김월제金月堤 선사 시

琪花艸裏步從容　　客子行裝竹一節
千年古洞中坊水　　萬壑層巖內院峰
鶯歌夏谷煙籠柳　　鶴舞春壇雪滿松
此外金剛何處又　　山青雲白數聲鍾

기화요초琪花瑤草 많은 땅에 가만히 걷는 모습이여
나그네 행장 보니 대지팡이 하나 뿐이네.
천 년된 오랜 동굴 가운데 물이 흐르더니
만 골짜기 층층 바위는 내원사 봉우리 되었구나
앵무새 재잘대는 여름 계곡에 노을은 버드나무를 덮었고
학이 봄 제단에 춤추는데 소나무에 눈이 가득하네.
이곳 말고 금강산이 어디에 또 있을까?
푸른 산과 흰 구름에 종소리 여러 번 들리도다.

靈鷲山 金月堤
영축산 김월제[81)]

81) 김월제(金月堤, ?-?) : 통도사 스님. 생몰년 미상. 삼소굴일지 1929년 己巳年에 지도급 승려로 등장한다. 대정大正14년(1925) 경주군 양북면 기림사祇林寺 주지로 부임한 행적이 보인다. (조선총독부관보, 불교지 제9호, 제26호 불교기록문화유산아카이브자료)

60. 학계鶴溪 최호기崔灝基거사 시

圓山皆骨善包容　　幾度敲門送法笻
地入囊中溪萬瀑　　天游鏡裡月千峰
佛隨玄毫輝老石　　仙留翠髮羂孤松
江北嶠南新舊景　　尊師今又覺法鍾

원적산圓寂山, 개골산皆骨山을 잘 감싸안은 신금강은[82]
몇 번이나 문 두드리며 법주장자 보냈을까?
땅을 주머니에 넣었다가 만 개 폭포수로 쏟아내듯
천녀가 노닐던 거울[天游鏡] 속에 봉우리마다 달이 뜨네.[83]
부처님 상호는 검은 머리칼이니 오래된 바위 빛나고
신선은 비취빛 머리털을 남겨 외딴 소나무에 잡아매네.
낙동강 북의 교남嶠南 땅, 구舊금강을 닮은 신新금강 절경에서[84]
경봉 스님이 오늘 다시 법 깨달은 종[覺法鍾] 울리었네.

鶴溪 崔灝基
학계 최호기

---

82) 개골산皆骨山 : 강원도 금강산을 지칭하는 이름의 하나. 봄은 금강산金剛山 여름은 봉래산蓬萊山 가을은 풍악산楓嶽山 겨울은 개골산皆骨山이라 칭하다.

83) 천유경天游鏡 : 중국 福建省 무이산武夷山 천유봉天游峰의 골짜기 물이 맑아 거울에 비유한 말인 듯.

84) 교남嶠南 : 조령鳥嶺 남쪽이라는 뜻이니 '경상도'를 일컫는 말.

61. 용수암 김진규金陳圭 선사 시

新舊剛山一切容　　無常過去幾人筇
經裡但聞彌勒世　　眼前長在觀音峰
千層石壁分雲霧　　十頂風濤轉柏松
古聖卜居奇絶處　　先將莊嚴獨懸鍾

신금강과 구금강에 두루한 온갖 모습이여!
무상한 지난 세월 몇 사람이 여기 살았을까?
경전에는 단지 미륵彌勒 세상만 들었는데
눈 앞에는 길게 관음봉觀音峯이 서 있네.[85]
층계 많은 석벽을 안개 구름으로 나누더니
열 곳 산정에 풍랑치니 송백松柏도 달라지네.
옛 성인이 사시던 진기하고 절경인 도량에[86]
먼저 가져가 장엄하려고 유독 종만 매달았구나!

馬山府 石町 龍水庵 金陳圭
마산부 석정 용수암 김진규

85) 관음봉觀音峯 보덕굴普德崛 : 금강산의 남쪽 사찰 표훈사表訓寺에 딸린 암자 이름. 이곡(李穀, 1298-1351)의 동유기同遊記에 "표훈사 동쪽에 보덕관음굴普德觀音窟이 있는데 경치가 아름다우므로 사람들이 반드시 먼저 그곳으로 간다. 주변에 신림암神琳庵과 삼불암三佛庵이 있다"고 하였다.
86) 복거卜居 : 살만한 곳을 가려서 정함의 뜻.

62. 사곡沙谷 우용하禹容河 거사 시

遊觀勝概步從容　　無限風煙載一筇
山惟奇絶來千聖　　地亦恢弘對萬峰
老石中間生碧艸　　白雲隥畔露蒼松
下界浮生眞分足　　雲林斜日聽寒鍾

좋은 경개景概 다니며 보는 걸음걸이 조용한데
한없는 바람과 연기를 지팡이 하나에 실었네.
산은 기이한 절경뿐이라 천 분 성인 오시었고
도량 또한 넓고 커서 봉우리마다 마주하네.
오래된 바위 사이에는 푸른 풀이 파릇파릇
흰 구름이 밭두둑 되니 푸른 소나무 드러났네.
아랫 세상의 뜬 중생[浮生]은 진실로 분수에 만족하면
구름 숲, 석양 빛에 차가운 종소리 들리리라.

沙谷 禹容河
사곡[87] 우용하

---

87) 사곡沙谷 : 경북 예천군 유천면 사곡리의 지명이다. 경북 구미龜尾 시에도 사곡동沙谷洞이란 지명이 있다.

63. 관룡사 김만성金晩惺 선사 시

靈嶽畵成千聖容　　何人此地住仙笻
心隨慧月開金鳳　　跡共慈雲繞鏡峰
名利何關龍蟄海　　儀標不俗鶴巢松
妙年自致金剛主　　將見禪家警世鍾

영험한 산에 천분 성인 모습 그렸는데
어떤 사람은 이 곳에서 신선 지팡이로 머물렀나?
마음은 지혜 달을 따라 금빛 봉황이 날개짓 하듯
그 행적 자비한 구름과 함께 경봉스님 둘러쌌네.

---

88) 김만성(金晩惺, ?~?) : 창녕 관룡사觀龍寺 청룡암靑龍庵에 살던 스님. 삼소굴일지 1937년 12월 23일에 詩가 보인다. 白雲深處寄閒身 流水靑山是四隣 一杖歸來山影裡 霞衣不染俗中塵[흰 구름 깊은 곳에 한가로이 지내니 흐르는 물 푸른 산이 정겨운 이웃이네 지팡이 짚고 산 그림자 속으로 돌아오니 안개 옷엔 원래 세속

명리名利로는 바다에 숨은 용과 무슨 관련 있었나요?
속되지 않은 거동 내보이려 학은 소나무에 둥지 틀었네.
젊은 나이에 스스로 신금강의 주인이 되어서
선가禪家에선 세상에 맹세하던 종소리 장차 들으리라.

昌寧郡 觀龍寺 金晩惺
창녕군 관룡사 김만성[88]

의 때 묻지 않네.」 ○관룡사觀龍寺 : 경상남도 창녕군 창녕읍 옥천리 화왕산火旺山에 있는 절. 신라 8대 사찰 중의 하나로 통도사의 말사末寺. 특히 뒷산에는 관룡사 용선대 석조석가여래좌상이 산정山頂에 자리한다. 용선대龍仙臺는 보물 제295호.

64. 송관원宋貫元거사 시

外人難見內山容　　昔有高僧此住笻
一路緣溪深幾谷　　別天開院繞群峯
心淸坐臥多醒石　　韵冷唫哦和古松
落得金剛眞面目　　塵愁忽斷白雲鍾

바깥 사람은 내원사 산 모습 보기도 어려운데
예전에 고승들이 여기 머물던 지팡이 남아있네
한 길로 이어진 계곡은 몇 골짜기나 깊어질까?
별천지에 선원 여니 뭇 봉우리 둘러쌌네
마음 비우고 앉고 누워 화두 들면 바위마다 성성하고
차가운 운율에 아! 하며 시 읊으니 고송古松과 어울리네.[89]
금강반야의 진면목眞面目을 결국에 알고 나서야[90]
티끌 근심 달아나고 흰 구름 속 종이 울리네.

東萊郡 宋貫元
동래군 송관원

89) 금아唫哦 : 아 하고 입 다무는 소리, 또는 읊조리는 소리.
90) 낙득落得 : 중국어로 '-- 결과가 되다' 또는 '- 가 되고 말다' 의 뜻.

65. 유포榴圃 신유석辛有錫 거사 시

十年回憶舊山容　　夢裡依俙一度笻
也知千萬頭頭佛　　盡是東南面面峰
誦偈定心觀逝水　　滌塵藏跡伴青松
世人修道人無悟　　法界何須掛誓鍾

십년 넘도록 옛 금강산 모습 다시 기억하다가
꿈 속에 언뜻 한 번 지팡이 짚고 와 보았네
천만 봉우리 또한 머리마다 부처님 모습이요
동쪽이나 남쪽 어디든 얼굴마다 봉우리로다.
게송 외우며 삼매에 든 마음으로 흐르는 물 보다가
번뇌 털고 자취 숨기며 푸른 솔과 벗하였네.
세상 사람들 도 닦지만 어느 누구도 깨닫지 못했는데
진리 세계에서 무엇을 구하려고 서원하는 종을 내걸었을까!

馬山府 萬町 五九 榴圃 辛有錫
마산부 만정 59 유포 신유석

66. 김신회金新會 거사 시

恠恠奇奇千百容　　看看難測故停笻
悟心老釋眠高石　　舞袖仙人下列峰
萬界頗多初見鳥　　絶崖猶有自生松
元師聖跡憑誰問　　風送雲間舊寺鍾

기이하고 특별한 천백 가지 모습이여!
보고 보아도 옛 사람 지팡이 멎은 이유 알 수 없네
마음 깨달은 노스님은 높은 바위에 잠들었고
옷소매로 춤추던 선인은 봉우리에 줄지어 내려오네.
만 가지 경계 파다한 속에 처음으로 새를 보았고
절벽 끝에 자생自生하던 소나무도 아직 그대로이니,
원효스님 성스런 행적을 누구에게 물어볼까? 했는데
바람은 구름 사이로 옛 절 종소리 보내는구나.

馬山府 金新會
마산부 김신회

67. 이신순李新舜 거사 시

此山畵出金剛容　　長使騷人久住笻
絶壁精神普德崛　　層岩氣像觀音峯
霜節侵來紅葉樹　　風聲轉出碧濤松
每欲一覽塵腦拘　　夢中時聽般若鍾

이 천성산을 금강산 모습으로 그려내니
오래도록 말 많은 사람 시켜 지팡이 오래 머물렀네.
절벽에 보덕굴普德窟을 애써 지은 정성이나
층층 바위 기상은 관음봉觀音峯과 같다네.[91]

---

91) 관음봉觀音峯 보덕굴普德崛 : 금강산의 남쪽 사찰 표훈사表訓寺에 딸린 암자 이름. 고려 문신 이곡(李穀, 1298-1351)의 동유기同遊記에 "표훈사 동쪽에 보덕관음굴普德觀音窟이 있는데 경치가 아름다워 사람들이 반드시 먼저 그곳으로 간다. 그러나 길이 험하고, 서북쪽에 있는 정양암正陽庵은 고려 태조가 창건한 암자로 법기보살상法起菩薩像을 모셨는데, 약간 높지만 가까워 오를 수 있고, 거기서 풍악산 모든 봉우리가 한눈에 들어온다. 주변에 신림암神琳庵과 삼불암三佛庵이 있다"고 하였다.

서리 내리는 계절 되니 나뭇잎은 붉게 물들고
바람 소리 굴러굴러 푸른 솔바람 부는구나.[92)]
늘상 얽히던 번뇌를 한 번 보려고 애썼더니
꿈 속에서 때맞춰 반야般若의 종소리 들었다네.

馬山府 李新舜
마산부 이신순

금강산 보덕굴(普德窟) 전경

92) 송도松濤 : 바람에 흔들려서 물결소리처럼 들리는 솔바람 소리를 지칭하는 말.

68. 죽우竹友 금석근琴錫根 거사 시

毛公妙筆畵難容　　在昔仙師占住筇
一曲淸溪鳴玉局　　層生恠石削金峰
梵樓蕭灑千秋跡　　蓮塔崔嵬萬丈松
南國至今爭賞客　　優遊兼得月邊鍾

모공毛公의 묘한 붓으로도 그리기 어려운 모습인데[93]
예전에 신선 같던 스님은 지팡이 찍고 살았다네.
한 번 굽이 도는 맑은 계곡은 옥 구르는 형국이라
층층에 생겨난 괴석怪石은 금빛 봉우리 깎아 놓은 듯.
쓸쓸한 범종루梵鐘樓는 천년 세월 흔적이요
연꽃 탑은 높고 높아 만 길 소나무 같도다.[94]
남국에서 지금 와서 다투어 감상하던 나그네여!
여유롭게 구경하다 달 가의 종소리 함께 들었다네.

梁山郡 南部洞 竹友 琴錫根
양산군 남부동 죽우 금석근

---

93) 모공毛公 : 훌륭한 붓을 의인화擬人化한 표현이다.
94) 만장송萬丈松 : 곤륜산에 산다는 만 길 되는 소나무. 만장송은 송년학수松年鶴壽처럼 장수하는 사물을 말한다.

69. 소오小塢 오봉근吳奉根 거사 시

崎嶇石角履難容　　擧手望天立放笻
依雲臨水重重岳　　踏谷穿林疊疊峰
鹿食蒼苔鼯上壁　　鳥啼深樹鶴眠松
浮生若問金剛路　　千聖山前聞打鐘

험난하고 모난 돌은 밟고 다녀도 형용키는 어려워서
손 들어 하늘 바라보다 선 채로 지팡이 놓았네.
구름에 의지해 물가로 가보니 거듭거듭 산중이요
골짜기 숲을 뚫으며 가도 첩첩이 봉우리로다
사슴은 푸른 이끼 먹고 다람쥐는 절벽에 오르며
산새는 숲에서 울고 학은 소나무에 잠드는 곳.
덧없는 중생들이 혹 금강산 가는 길을 물으면
천성산 앞에서 종 치는 소리 들으라 하겠네.

東萊郡 鐵馬面 尾余里 小塢 吳奉根
동래군 철마면 미여리 소오 오봉근[95]

95) 오봉근(吳奉根, ?~?) : 구한말 유학자. 호는 소오小塢. 1937년 편찬된 동래군지 성씨조에 의하면 장전구곡가長田九曲歌를 지은 오기영(吳璣泳, 1837-1917), 동래학원을 설립한 오태환吳泰煥 등이 있고 또 참봉參奉 오창근吳昌根, 유행儒行으로 이름난 소오小塢 오봉근吳奉根 등이 있다.

70. 소요자逍遙子 김홍권金弘權 거사 시

坐山一碧舊時容　　多謝開山元曉筇
遠遠林遮垂沒路　　回回天闢更重峰
不須今日夢青艸　　還合此間從赤松
剛恨二千年下事　　斜陽殘聞數聲鍾

한 자락 푸른 산에 앉아 옛 금강산 모습 생각타가
개산조 원효조사 지팡이에 감사함이 넘치네.
멀고 먼 수풀들이 우거져서 길을 덮었는데
돌고 돌아 하늘 문 여니 첩첩한 봉우리로 바뀌었네.

오늘은 푸른 약초 캐는 꿈도 꾸지 않았는데

돌아와 산중과 하나되어 적송자赤松子와 만났다네.[96]

2천년 뒤 말세에 태어남을 굳이 한탄하더니

저녁 노을에 끊어졌다 이어지는 종소리 자주 들었네.

蓬萊散人 逍遙子 金弘權

봉래산인 소요자 김홍권[97]

---

96) 적송자赤松子 : (1) 중국 상고시대에 전해오는 신선의 이름. (2) 신농神農 때의 비를 관장하는 신, 후에 崑崙山에 들어가 신선이 되다. ○산인散人 : (1) 세상일을 잊고 한가히 자연을 즐기며 지내는 사람 (2) 벼슬을 버리고 한가히 지내는 사람.

97) 김홍권(金弘權, 1892~1937) : 대한민국 임시정부 의정원의 의원, 경남 하동군 양보면 출생. 호는 하우何尤, 선생은 하동보통학교와 국립경상대 전신인 진주공립농업학교를 1913년 졸업, 1917년에는 일본 유학. 일찍이 항일조직 대동청년당의 일원이 되어 백산 안희제 선생과 함께 독립운동자금 조달과 연락망 등을 이끌다가 향년 46세로 순국. 정부는 1963년 대통령표창, 1990년 건국훈장애족장을 추서하다.(하우김홍권선생공훈비)

71. 성산星山 김봉규金奉珪 거사 시

座山嘯咏步從容　　尖矗奇觀笑指笻
月色半圓三五夜　　雲光長鑽萬千峰
朝天老佛垂頭石　　駕壑盤龍赤甲松
隱隱巖間知有寺　　淸風來處送寒鍾

산자락에 앉아 시 읊으며 조용하게 걸었는데
뾰족뾰족 진기한 경치에 웃으며 지팡이 가리키네.
반달이던 달빛은 어느새 보름달 되었고
구름 빛은 길어져 1만 2천 봉우리 이어졌네.
아침 하늘에 노불老佛은 머리 내려뜨린 바위요
골짜기에 웅크린 용은 붉은 껍질 소나무 같네.
꼭꼭 숨은 바위 사이에 절 있는 줄 알았더니
맑은 바람 부는 도량에 차가운 종소리 들려오네.

車城 星山 金奉珪
차성[98] 성산 김봉규

98) 차성車城은 기장機張의 옛 이름이다.

72. 단수端需 배영복裵永復 선생 시

地闢靈區閣畵容　　金剛奇槪孰先笻
淸溪曲曲天然瀑　　白石連連月半峰
遠宮常看遊麋鹿　　尋幽多植老篁松
此山說佛千何歲　　棧路雲林動古鍾

땅이 열려 신령한 도량에 그림 같은 누각 모습이여!
금강산 진기한 경치에 누가 먼저 지팡이 머물렀나?
맑은 계곡에는 구비구비 천연의 폭포가 보이고
하얀 바위를 잇고 이어 반달 봉우리 되었네.
먼 궁전에서 늘상 사슴들 노니는 것 보았고
그윽한 골 찾아 늙은 대숲에 소나무 많이 심었네.
이 산중에 설법하던 부처님 천년에 몇 년 더했던가?
벼랑길[棧道][99] 구름 숲에 옛 종소리 울려오네.

梁山郡 邑內 端需 裵永復
양산군 읍내 단수 배영복[100]

---

99) 잔도棧道 : 또는 벼랑길이라 하니, 험한 벼랑 같은 곳에 낸 길. 선반처럼 달아서 내는 길을 지칭.

100) 배영복(裵永復, -?) : 양산 출신 교사敎師. 조선총독부 관보에 의하면 1912년 대정大正 원년 양산공립보통학교로 발령난 것이 보인다.(역자주)

73. 괴헌槐軒 김영권金永權 거사 시

水作誦聲石佛容　　金剛遊客更倚筇
千年遺蹟功高塔　　萬古靈基僻繞峰
風動寥泉人坐榻　　雲歸絶壁鶴飛松
却忘世事證修道　　孤閣時惺擊舊鍾

물소리는 경 읽는 소리요, 바위는 부처님 얼굴 닮았는데
신금강에 놀던 나그네 다시 지팡이에 의지하였네.
천년 지난 자취는 공든 탑으로 높이 솟았고
만고의 영험한 터는 산봉우리 뒤까지 둘러쌌네.
바람이 고요한 샘물 흔들어도 사람은 걸상에 앉고
구름은 절벽을 돌고 학은 소나무 위로 나는 듯.
세상사 모두 잊고서 도 닦아 증득하니
외딴 종각 옛 종소리에 때맞춰 깨어나네.

槐軒 金永權
괴헌 김영권[101)]

---

101) 김영권(金永權, -?) : 양산군 중부동에 사는 거사. 호는 괴헌槐軒. 소화8년(1933년) 4월에 통도사 극락암 경봉스님께 보낸 편지가 있다. 경상남도의회의원 입후보 자격으로 쓴 편지.(불교기록문화유산아카이브 자료)

74. 영축산 채서응蔡瑞應 강백 시(1)

圓寂山形誰畵容　　無蹤行客惟留笻
數條白水飛細瀑　　萬朶靑龍起重峰
聽講必同千個石　　說經應似一枝松
可憐元老埋陳跡　　靖錫上人覺世鍾

원적산 형상을 누가 그 모습 그려내었을까?
종적 없이 수행하는 선객禪客들만 지팡이 멈추네
여러 갈래 하얀 물은 가녀린 폭포 되어 날리고
만 마리 푸른 용은 중첩한 봉우리에서 나오네.
강의 듣고는 천 개 바위가 함께 끄덕였듯이[同千石][102]
경을 설할 때 응답한 것은 소나무 가지와 흡사하네.[103]

102) 동천석同千石 : 중국 東晉의 도생道生법사가 蘇州의 虎丘山에서 《열반경》을 강의하면서 일체중생 개유불성一切衆生 皆有佛性이라 하면서 無情衆生, 一闡提까지도 불성이 있다고 설하자 믿는 사람이 없는데 산의 바위들이 머리를 끄덕였다고 하는 故事에서 유래하다.

가련토다! 원효노사 오랜 자취 사라질 즈음에

정석靖錫 상인이 세상 깨우는 종을 치셨네.

靈鷲山 講白 蔡瑞應
영축산 강백 채서응[104]

---

103) 일지송一枝松 : 높은 기개와 풍치를 지니고, 또 사계절 동안 변하지 않는 푸르름을 간직하므로 군자君子의 덕과 장수長壽를 상징한다.

104) 채서응(蔡瑞應, 1876-1950) : 고성 옥천사 스님, 통도사 강주를 지낸 학승. 1911년 倭政이 寺刹令을 공포하고 전국 31本山을 정할 때 서울 회의에 참석, 대본산 지정을 거절하였다. 또 가뭄이 계속되면 농사꾼들이 모여 옥천사 掛佛을 모셔와 南江 백사장에서 祈雨祭를 지낸 후면 꼭 비가 내렸다고 한다.

75. 이석녕李奭寧 거사 시

新金剛是舊山容　　遠近嘉名住客笻
四面開光多白石　　一區超俗盡高峰
誦經深院香生榻　　祈福空壇影落松
元曉祖師千載後　　金禪無語自鳴鐘

신금강은 그대로 옛 금강산의 모습인데
원근에 우아한 이름 퍼지니 나그네들 지팡이 머물렀네.
사면으로 햇빛 비치면 하얀 바위가 많이 보이고
한 곳만 세속을 초월해도 전체가 고상한 봉우리 된다네.
독경 소리 들리는 산사는 걸상에서 향기 풍기고
복을 빌던 하늘 제단[空壇]에는 소나무 그림자가 비치네.
원효조사 가신 지 천 년 지난 뒤인데도
경봉 선사[金禪師]는 말 없는데 종소리 자연히 울리네.

梁山邑 多芳里 李奭寧
양산읍 다방리 이석녕

76. 일묵一黙 전기준全基準 거사 시

金剛一境圉新容　　欲作公園起賞笻
得地靈生千座佛　　開山祖列衆孫峰
紅泉細雨龍盤石　　翠壁長風鶴舞松
管領勝區今有主　　騷人從此聽高鍾

금강산 한 경계에다 새로운 모습 담아서
공원을 만들려고 감상하던 지팡이 일으켜 세웠네.
땅을 얻고 나니 천 분 부처님 신령하게 나신 곳
개산조께서 손자뻘 봉우리 줄 세운 듯 하네.
붉은 샘에 가랑비 내리고 용은 바위에 서려 있고
푸른 절벽 긴 바람에 학은 솔숲에서 춤을 추네.
뛰어난 도량 돌보던 주인은 지금도 계시는데
떠들던 사람 이로부터 고상한 종소리 듣는구나.

梁山邑內 一黙 全基準
양산읍내 일묵 전기준[105]

---

105) 전기준(全基準, -?) : 양산 출신으로 양산면장을 역임한 분. 생몰년 미상, 전병건全秉健의 부父. ㅇ전병건(全秉健, 1899~1950) : 일제때 독립운동가. 일명 全爀, 전기준의 5남 2녀 중 차남으로 양산군 중부동에서 태어나고, 1914년 3월 양산보통학교 졸업. 1928년에는 신간회新幹會 양산지회로 활동하고, 정부는 1990년 건국훈장 애족장을 추서하다.

77. 해초海樵 정윤모鄭倫謨거사 시 (1)

新金剛亦舊山容　　一變嘉名會詩節
生世刼灰嗟下界　　祖師功德仰高峰
神龍夜降層潭水　　仙鶴朝回斷壑松
圓覺僧來千聖後　　慳收往蹟忽鳴鐘

신금강도 또한 구금강의 모습과 같은데
우아한 이름으로새롭게 바꿨더니 시인 지팡이 모이네.
세상에 태어나 겁불의 재 되도록 세상 탄식하다가
원효조사 공덕으로 높은 봉우리 우러러 보았네.
신룡神龍은 밤이면 층층으로 연못에 내려오고
선학仙鶴은 아침이면 절벽 소나무로 돌아오네.
원만히 깨달은 경봉스님이 천성千聖의 뒤에 와서
지나간 자취 아끼고 거두다가 문득 종소리 울리노라.

梁山郡 中部 海樵 鄭倫謨
양산군 중부 해초 정윤모

78. 송년松年 이용상李鏞相 거사 시

一幅金剛畵莫容　　靈區鎭日住行笻
間尋千座隨三寶　　纔過深林又亂峰
曲曲淸溪多白石　　崚崚峭壁半靑松
塵腸頓覺煙霞趣　　何用勞勞祿萬鍾

신금강을 한 폭에 그려도 제대로 형용치 못하는데
신령한 땅에서 진종일 수행하는 지팡이로 머물렀네
그간에 천성 자리 찾으려고 삼보三寶를 따르다가
깊은 숲 겨우 지나니 봉우리 어지러이 나타났네.
구비구비 맑은 계곡에 하얀 돌은 그리 많고
험하고 깎아지른 절벽엔 푸른 소나무가 반이라네.
번뇌에 찌든 중생이 출세간 노을의 뜻 단박 깨달으니[106)]
어찌하여 노력하고 노력하고도 많은 녹봉[萬鍾祿]을 쓰려하는가?

東萊郡 溫泉里 松年 李鏞相
동래군 온천리 송년 이용상

---

106) 진장塵腸 : 티끌 세상의 찌든 중생이란 뜻.

79. 옥천사 채서응蔡瑞應 강백 시(2)

新對金剛換舊容　　行人到此却躕笻
華藏洞裏隱元盡　　皆骨山中露鏡峰
昔說漚和多化石　　今叅般若又談松
詩魂忽入蓬萊夢　　覺起院庵暮磬種

신금강산 새로 마주하고 구금강 모습이 바뀐줄 알고
수행인이 여기 와서 도리어 지팡이를 머뭇거리네.
화장華藏세계 동천 속에 원효스님 어디에 숨었다가
개골산皆骨山 산중에서 경봉스님으로 나타났네.
옛날 방편 설하던 곳에는 어디든 돌로 변하였고[107)]
오늘은 반야지혜 참구하다 다시 소나무에 설법하네.
시인의 혼은 홀연히 봉래산에 들어가는 꿈을 꾸다가
선원의 저녁 예불하는 종소리에 깨어나셨네.

蔡瑞應
채서응[108)]

107) 구화漚和 : 우회적인 방법 또는 方便이란 뜻.
108) 채서응(蔡瑞應, -?) : 고성 옥천사 스님. 생몰년 미상. 통도사 강주를 지낸 학승.

겸재(謙齋) 정선(鄭敾,1676-1759)의 금강산 그림 4폭 위쪽 큰그림은 진주담(眞珠潭) 아래 왼쪽은 총석정(叢石亭) 중간은 벽하담(碧霞潭) 오른쪽이 만폭동(萬瀑洞) 그림이다.(출처 : 조선일보 2019년 9월 16일 기사)

80. 지상호池尙壕 거사 시

內山從古擅名容　　新道金剛孰不笻
絶壁石中噴雪瀑　　歸雲嶺上插層峰
林禽啼出多歌語　　野鶴飛回入老松
元曉法師今已遠　　金仙淸靜又鳴鐘

내원사 천성산은 예로부터 이름난 절경인데
신금강이라 말하면 누군들 지팡이로 오지 않으랴!
절벽 바위에는 눈 같은 폭포 뿜듯이 쏟아내고
구름 돌아가는 산마루에 층층이 봉우리 꽂히었네!
숲에서 재잘대는 새소리 아름다운 노래 가득하고
들판에 학은 빙 돌더니 노송 속으로 들어가네.
원효법사 가신지 지금은 오래 되었지만
맑고 고요하던 금선金仙의 법당에 다시 종소리 울리네.

梁山郡 北部洞 池尙壕
양산군 북부동 지상호[109)]

---

109) 지상호(池尙壕, ?-?) : 통도사 山水契員 중의 一人. 舞風寒松路를 따라 一柱門 사이에 바위에 새겨진 山水契라 쓰고 契員 29명의 회원 명단에 쓰여 있다. 또 고종39년(1902)에 세운《行郡守李侯啓弼淸德血民石身》에도 이름이 보인다. 본 양산군수 이계필(李啓弼, 1860~?) 비석은 부산 금곡동에 현존한다.

81. 박정환朴禎煥 거사 시

地區能大此山容　　仁智諸人不絶箾
深入難分南北界　　高坐萬像萬千峰
溪雲習篆層層石　　仙寫搆巢落落松
晨夜梵王宮殿裡　　浮生夢覺一聲鍾

이 땅의 도량을 키워서 이런 신금강 모습 만드니
어질고 지혜로운 사람들 지팡이 소리 끊이지 않네.
깊게 들어가니 남북의 경계도 분간할 수 없고
만 가지 물상에 높이 앉으니 만천 봉우리 보이네.
계곡의 구름 층층 바위에 전서篆書를 써놓은 듯이
선인은 낙락장송落落長松에 얽은 새 둥지 그려놓았네.
새벽과 저녁이면 범천왕 궁전에서 울리는
덧없는 중생들 종소리 듣고 꿈에서 깨어나네.

上章涒灘 端陽 隱下散倉 朴禎煥
상장군탄[110] 단양 은하산창[111] 박정환[112]
- 경신년(庚申 1920) 단오절에 낮고 천한 곳에 숨어 사는 박정환이 짓다.

---

110) 상장군탄上章涒灘 : 古甲子의 이름이니 上章은 庚, 涒灘은 申을 뜻한다.

111) 은하산창隱下散倉 : 낮은 것 천한 것은 숨기고 흩어버린다는 뜻.

112) 박정환(朴禎煥, -?) : 독립운동가 호는 사림士林, 생몰년과 행적 미상. 1904년에 울산군 구강촌에 광남光南학교가 설립되었고, 교장에 사림士 박정환이 맡았다는 기록이 보인다.(울산항일의병전쟁사 1908년 일지)

82. 재약산인 허운송許雲松 선사 시

突出雲間化玉容　　千人磨得一枝節
飛騰山勢走如馬　　削揷鈥精列若峰
風送落花花送雨　　蘭栽点石石栽松
金剛消息吾當問　　忽被傍僧擬打鐘

구름 사이로 솟아나와 옥의 모습으로 변하더니
천 사람이 갈고 닦아 지팡이 한 개 얻었네.
나는 듯한 산세는 달리는 말과 같고
깎아서 칼 꽂던 정신은 줄 세운 봉우리와 같네.
바람 불어 꽃을 떨구고, 그 꽃은 비처럼 뿌리더니
돌에다 난초 심고, 바위 위엔 소나무 심었네.
금강산 소식을 언제 들려주느냐 내가 묻는다면
옆방 스님이 가피 받은 소리 들었다고 종을 치리라

載藥山人 許雲松
재약산인 허운송[113]

---

113) 허운송(許雲松, ?-?) : 表忠寺 스님. 용성스님 제자. 생몰년 미상. 《팔공산동화사事績記》에 의하면 "1927년에는 조실 허운송許雲松 스님이 여기서 후학을 지도했다."는 기록이 보인다. 삼소굴일지 1937년 1월 2일 시 한 수를 받은 일을 기록하고 있다. 또 용성龍城선사 문하에서 활동한 흔적도 보인다.(1928년, 백용성대종사총서 불교기록문화유산아카이브 자료)

83. 표충사 허태호許泰昊 선사 시

森森玉骨畵難容　　遙指青山雲外節
鶴去又能看水月　　風來得須上高峰
一生豐足養何物　　萬慮尋常種子松
夢與詩魂論此景　　枕頭搖落晩踈鍾

빽빽한 옥골玉骨의 자태는 그림 그릴 수 없어
청산과 구름 밖을 지팡이로 멀리 가리키네.
학이 날아가자 또다시 물에 비친 달[水月]을 보았고
바람 불어오자 높은 산봉우리에 오르려 하는 듯.
일생토록 풍족한데 무엇을 또 기를건가?
만 번을 근심하다 평소대로 어린 소나무 심으리라.
꿈에서도 시인 혼[詩魂]을 주었는지 이곳 경치 논하더니
베개 머리 흔들자 느지막이 성근 종소리 들려오네.

密陽郡 表忠寺 許泰昊
밀양군 표충사 허태호

84. 야우野愚 윤무석尹武錫 거사 시

古今剛色兼形容　　登覽臥遊各亂筇
截彼東西南北勢　　何如一萬二千峰
月明雪白中流水　　花紫楓丹後老松
却惜浮生多變態　　朝朝夕夕報新種

예나 지금이나 금강 산색에 형상까지 그리다가
산에 올라 누워서 놀다 보니 각기 지팡이 어지럽네.
저기는 동서와 남북의 형세 다 끊어졌지만
어떻게 1만 2천 봉우리와 같을 수 있으랴?
밝은 달과 하얀 눈은 흐르는 물에 꽂힌 듯이
자색 꽃 빨간 단풍으로 노송老松 뒤까지 수려하네.
도리어 덧없는 중생 변화가 많다고 탄식하다가
매일 아침 저녁마다 새로운 종소리 알려주리라.

蔚山郡 太和里 野愚 尹武錫
울산군 태화리 야우 윤무석

85. 해초海樵 정윤모鄭倫謨 거사 시(2)

新金剛亦舊山容　　天錫嘉名住客笻
生世刧灰嗟下界　　祖師功德仰高峰
神龍夜降淸潭水　　仙鶴朝回斷壑松
圓覺僧來千聖後　　慳收往蹟忽鳴鐘

신금강도 역시 옛 금강산과 같은 모습인데
하늘이 내린 우아한 명성에 나그네 지팡이 머무르네.
세상에 태어나 겁불의 재[刧灰] 되도록 아래 세상을 탄식하다가[114]
원효조사 공덕으로 높은 봉우리 우러러보네.
신비한 용은 밤이 되면 맑은 연못에 내려오고
신선 같은 학은 아침이면 절벽 소나무로 돌아오네.
원만히 깨달은 경봉스님이 천 분 성인 뒤에 와서
아끼던 옛날 자취 거두어 문득 종鐘소리 울리었네.

海樵生 鄭倫謨
해초생 정윤모

---

114) 천석天錫 : 하늘이 내려주는 것. ㅇ겁회刧灰 : 세상이 멸망할 때에 일어난다는 큰 불의 재, 또는 재앙이 낀 운수의 뜻.

86. 영축산 김성해金聖海 선사 시

岹嶢崎崛未形容　　誰出風塵到錫笻
影壓東西南北界　　根盤一萬二千峰
境宜習靜朝觀槿　　遙借孤尋暮度松
何處蕭菴時供佛　　雲間隱隱響仙鍾

높은 산 험한 산굴은 형용도 못하는데
누가 풍진風塵 세상 벗어나 지팡이로 여기 왔을까?
그림자는 동서와 남북의 경계 안에 숨었더니
그 뿌리는 1만 2천 봉우리에 묻혀 있도다.
경계는 고요를 익혀선지 아침부터 무궁화 보기 좋고
멀리서 빌려온 걸 찾아서 저물녘 소나무에 건넸다네.
어디 소슬한 암자에서 때맞춰 부처님 공양 올리는지
구름 사이로 은은하게 신선 같은 종소리 울리네.

靈鷲山 金聖海
영축산 김성해[115]

115) 성해남거(聖海南巨, 1854-1927) : 근대 통도사 중흥조, 휘는 南巨 법호는 聖海, 17세에 機張 長安寺 축룡태일鷲龍泰逸에게 출가하고 27세에 恩師를 따라 通度寺로 移住하다. 39세(1892)에 통도사 僧統, 51세(1904)에 다시 總攝이 되다. 53세에 佛教專門講院을 설립하고 61세에 普光禪院 院長으로 首座를 提接하다. 제자에 구하九河, 경봉鏡峰, 경하鏡河, 법성法城이 뛰어나다.

87. 통도사 김달윤金達允 선사 시

新起金剛幻出容　　不知仙侶駐飛筇
倘來西域三千境　　特立南州第一峰
過盡秋楓餘白石　　寒經冬雪老青松
中天積翠雲深處　　疑有枯禪講寺鍾

새로이 신금강이라 부르고 환술로 그 모습 내보이니
알지 못커라! 신선 같은 친구들 지팡이 날려 멈추었나
아마도 서역에서 삼천 가지 경계를 가져와서
특별히 남쪽 땅에 제일 먼저 봉우리를 세웠구나.

116) 고목선枯木禪 : 중국 철오徹悟선사는 계행이 청정한 젊은 수좌였다. 한 노파가 사람을 시켜 절을 지어 見性院이라 하고, 스님은 大悟를 결심하고 20년을 정진하였다. 노파가 막내딸을 데리고 가서 "오늘 철오스님이 정진을 시작한지 20년 되는 날이니, 네가 스님께 공양을 올려라." 딸은 정성껏 공양을 올렸고 공양을 마친 스님에게 딸은 스님의 무릎에 앉아서 "바로 이러한 때 어떠하십니까?" 하니 스님은 "마른 나무가 찬 바위를 의지하니 삼동에 따뜻한 기운이 없구나[枯

가을 단풍 다 지나고 하얀 바위만 남았는데

차가운 겨울 눈이 내리더니 푸르던 소나무도 늙어가네.

중천에 비취빛 구름 자욱한 깊은 도량에는

메마른 선[枯木禪]이라 의심하는 강원의 종소리 울리도다.[116)]

金達允

김달윤[117)]

木倚寒巖 三冬無暖氣]" 딸은 다시 "소녀는 예전부터 스님을 사모합니다. 저를 한 번만 안아주시겠습니까?" "나는 수도하는 사람이요 물러가시요." 딸이 돌아가 전하자, 노파는 "내가 20년 동안 속인 놈을 공양했구나."하고는 스님을 쫓아내고 암자를 불살랐다.(婆子燒庵)

117) 경하달윤(鏡河達允,1899-1979) : 통도사 스님, 聖海南巨의 네 분 上足의 한 분. 시문에 능하여 한시漢詩를 많이 남기다.

88. 만송晩松 곽효곤郭斅坤 거사 시

金剛經趣似山容　　幾到雲林住錫笻
千秋道蹟思元曉　　近代眞工是鏡峰
別界煙霞凝水石　　沙門風月任篘松
爲念衆生塵夢覺　　時時禮佛自鳴鐘

금강경의 깊은 뜻은 신금강 모습과 흡사한데
몇 사람이나 구름 숲에 와서 지팡이 두고 머물렀나?
천년 세월 도 닦은 행적으로 원효元曉스님 기억하고
요사이 진정한 공부인은 경봉鏡峰스님이라네.
별천지의 안개와 노을은 수석水石으로 응켜있고
불문의 가풍과 멋은 대나무, 소나무에 맡겨두네.
중생의 번뇌하던 꿈에서 깨어나기를 발원하고
때때로 예불하라고 저절로 종소리 울리더라.

晩松 郭斅坤
만송 곽효곤

89. 통도사 손석담孫石潭 선사 시

維新山水露眞容　　羅代先師住錫筇
勝地長留千聖蹟　　靈名福得重香峰
法座聽徒叅老石　　宗門垂蔭有栽松
又向塵中勞遠夢　　何時結社聞晨鐘

산수를 새롭게 하여 신금강의 진짜 모습 드러내니
신라대 원효元曉조사 주장자 놓고 살았다네.
수승한 땅에서 천성의 자취에 오래 머물더니
영험한 이름은 그 복으로 향기 가득한 봉우리[重香峰] 얻었구나
법문 듣는 도제徒弟 중에 나이 든 바위도 동참하고
종문宗門에 음덕 드리우고 어떤 이는 소나무 심었다네.

또한 티끌 번뇌를 향하여 머-언 꿈을 꾸었더니

어느 때에나 결사結社하여 새벽 종소리 들으려나?[118]

孫石潭
손석담[119]

118) 문신종聞晨鐘 : 이 말은 '새벽 종소리 듣고 깨달은 일' 을 연상케 하니 경허鏡虛 선사가 오도悟道하고 제방을 유력遊歷하다가 영축산 백운암에 머물며 새벽 종소리 듣고 다시 깨달았다고 전한다.

119) 석담유성(石潭有性, 1858-?) : 통도사 고승. 생몰년 미상. 성은 孫씨로 五聲右竺선사의 제자 愚溪志彦의 법사로, 상노전上爐殿에 오래 계셨고 僧統을 역임하고 여러 방면에 능하셨던 어른으로 특히 통합조계종의 初代宗正 한암중원漢巖重遠선사의 法師이며, 그 외 제자로 송설우宋雪牛, 이퇴운李退雲이 있다.

90. 통도사 송설우宋雪牛 선사 시

山回水抱畵難容　　遊客尋眞住履筇
尋往何年開法席　　高人隱處護奇峯
長春花發無根樹　　餘韻風生不老松
勝地靈名從此現　　十方同聚聞淸鍾

산은 물을 돌아 품어선지 모습도 그리기 어려운데
떠돌던 나그네 진리 찾으려 짚신 신고 머물렀네.
어느 해에 찾아가서 법석法席을 열었던가?
덕 높은 이가 숨은 도량은 기암 봉우리도 보호하네.
봄날이 길더니 뿌리 없는 나무에서 꽃을 피우고
남은 운율韻律로 늙지 않는 소나무에 바람 불어오네.
수승한 땅이 영험하다는 명성은 여기서부터 나타나더니
시방에서 함께 모여 맑은 종소리 듣는다네.

宋雪牛
송설우[120]

120) 송설우(宋雪牛, ?-?) : 석담유성(石潭有性, 1858-?)의 제자. 삼소굴일지에 의하면 대정15년(1926)부터 1929년까지 본산주지를 지낸 분으로 나온다. 생몰년 미상.(불교지 제28, 33호)

91. 통도사 김포응金抱應 선사 시

地得芳名洗四容　　叅玄問法住瓶笻
千座相傳垂正脈　　衆生瞻仰有高峰
世遠尙存林下院　　山深已老澗邊松
拈花妙旨曺溪偈　　默破朝香與暮鍾

땅이 아리따운 이름 얻어 사계절 모습 씻어내니
현도玄道를 참구하다 법 물으려 정병淨瓶과 지팡이 머무네.
천 부처님 서로 전하여 바른 법맥 말하고
중생들 우러르는 곳에 높은 봉우리 서 있다네.
세상은 오래되어도 숲속 절은 아직 남아있고
산이 깊으니 시냇가 소나무도 벌써 늙는구나.

---

121) 염화묘지조계게拈花妙旨曺溪偈 : 염화묘지拈花妙旨는 세존께서 꽃을 드는데 가섭만이 미소하던 이심전심以心傳心의 묘지를, 조계게曺溪偈는 육조혜능六祖慧能의 게송에 云, "菩提本無樹 明鏡亦非臺 本來無一物 何處惹塵埃"를 가리키니, 곧 깨달음의 소식을 말한다.

꽃을 들던 묘한 종지와 육조의 게송 소식을[121]

조석으로 향 꽂고 예불하며 묵묵히 (화두를) 다파하네.

金咆應

김포응[122]

122) 김포응金咆應은 김포응金抱應인 듯. 김포응(金抱應, -?) : 1900년에 김천 수도암을 중건하고 개화기 통도사 스님들을 이끌고 불교연구회 홍월초(月初巨淵, 1858-1934), 이보담李寶潭과 함께 역할을 하신 개화파 스님. 생몰년 미상(1916년, 조선불교월보 제15, 18호 불교기록문화유산아카이브 자료) 포응(咆應)은 포응(抱應)의 誤字인 듯.

92. 박기만朴基滿 거사 시

新舊金剛畵莫容　　名已開觀信吾筇
山皆梁釋頭占石　　寺半胡僧手種松
六塵淨洗琉璃界　　一色鋪張玉雪峰
溟渤石航西渡日　　梵王先明地靈鍾

신금강과 구금강 모습은 그림 그릴 수 없는데
이름난 뒤 열어 보고서 내 지팡이 맡겼다네.
산에는 모두 양梁나라 스님[道生]에게 머리 끄덕이던 돌이요
절의 반은 호승胡僧들이 손수 심은 소나무들이네.123)
육진경계를 유리琉璃 세계로 깨끗이 정화하여
옥색 눈빛 봉우리[玉雪峰]를 한 빛깔로 펼쳤다네.
어두운 바다에 돌배 타고 서역으로 건너가는 날에
범천왕은 이 땅이 영험하다는 종소리를 먼저 밝히네.

蔚山 檢谷里 朴基滿
울산 검곡리 박기만

---

123) 양석두점석梁釋頭占石은 동진시대(317-418) 점두석點頭石을 말한 것이니, 중국 동진東晉의 축도생(竺道生,?-434)법사가 소주蘇州의 호구산虎丘山에서 《열반경》을 강의하면서 無情衆生과 一闡提까지도 佛性이 있다고 설하자 믿는 사람이 없었는데 산의 바위들이 머리를 끄덕였다고 하는 故事에서 유래한 말. 아마도 후대 스님들이 귀감으로 여긴 시기를 양석(梁釋, 502-557)이라 표현한 듯. ㅇ호승수종송胡僧手種松 : 신금강 내원사가 역사적으로 兵火를 많이 입은 것을 말하는 듯하다.

93. 회초晦樵 박상열朴尙烈 거사 시

七金剛外幻眞容　　千聖當年住錫筇
雲水偷光烏啄井　　風煙蘸影鶴捿松
六祖前身三十相　　一山皆骨萬千峰
老釋手珠宵誦偈　　傳心燈下警心鍾

일곱 군데 금강산은 밖으로 마술부린 진리 모습이여[124]
천 분 성인들 그 무렵 지팡이 짚고 머물렀네.
스님들[雲水]은 빛을 훔쳐 정진하니 까마귀는 우물을 길어 오고[125]
바람과 안개는 산그림자에 잠기고 학은 소나무에 둥지 틀었네
육조六祖의 전생 몸은 설흔 가지 상호라 하더니
온 산이 개골산의 1만 2천 봉우리와 닮았구나.
노스님은 손으로 염주 돌리며 밤늦도록 게송 외우더니
마음 전하는 등불 아래 마음 깨우치는 종소리 울리도다!

機張 梅鶴里 晦樵 朴尙烈
기장 매학리 회초 박상열

---

124) 칠금강七金剛 : 금강산의 7곳의 절경이니 총석정 삼일포 만물상 비룡폭포 삼불암 삼선암 해금강을 든다.

125) 투광偸光 : 착벽투광鑿壁偸光이니 벽을 뚫어 빛을 훔친 일로서 가난을 이기고 공부한다는 뜻. 東晉 때 갈홍(葛洪,284-364)이 지은 西京雜記에 “前漢 때 학자 광형

금강산 총석정 모습

匡衡은 어려서 책 읽기를 좋아했지만 가난하여 촛불을 켜지 못하다가 그는 몰래 벽에 구멍을 뚫어 이웃집의 촛불빛이 자기 방에도 비치게 하여 그 빛으로 책을 읽었다."는 故事에서 유래한 말. ○오탁정烏啄井 : 까마귀가 쪼은 우물이란 뜻이니, 高麗의 민지(閔漬,1248~1326)는 "楡岾寺에는 본래 샘과 우물이 없어서 재주일齋廚日에 쓸 물이 없었다. 어느날 한 무리의 까마귀가 절 동북쪽 모퉁이에 모여서 지저귀며 땅을 부리로 쪼아대자 靈泉이 흘러 물이 넘쳤는데, 이를 烏啄井이라 이름하였다." ○운수雲水 : 공부하는 수좌를 지칭.

126) 한산야반종寒山夜半鍾 : 唐代 시인 장계(張繼, ?-779)의 시 풍교야박楓橋夜泊을 떠올리는 시어詩語이다. ○楓橋는 중국 江蘇省 蘇州 서쪽 교외의 寒山寺 부근에 있는 다리 이름, 항구에서 나그네가 한산사 종소리를 들으며 지은 시이다.

94. 심호섭沈鎬燮 거사 시

金剛骨畵畵難容　　中有幽人住錫笻
精靈宛對觀音像　　元氣從來鼎足峰
雲霧常凝天末樓　　笙篁時奏澗邊松
名區不染塵間事　　靜聽寒山夜半鍾

금강산의 골수는 그림으로 그리기 어려워도
중간에 숨은 사람[幽人]은 지팡이 짚고 머무르네.
정령精靈이 관세음보살을 완연히 친견한 듯
그 원기元氣는 정족산鼎足山에서 나왔다네.
구름 안개는 늘상 하늘 끝 누각에 엉켜 있고
생황 피리는 때맞춰 시냇가 소나무에서 연주하네.
이름난 땅은 티끌 세상사에 물들지 않을테니
고요히 한밤중에 한산사寒山寺 종소리를 들어보아라.[126)]

沈鎬燮
심호섭[127)]

---

127) 심호섭(沈浩燮, 1890~1973) : 서울대학교 의대 초대학장을 역임한 의사. 1913년 조선총독부 부속의학교 졸업, 1925년 의학박사 학위 취득 후학양성에 매진. 1935년 교직을 떠난 뒤 서울 관철동에 내과의원을 개설. 1946년 서울대 의과대학 초대학장, 1934년 한성의사회漢城醫師會 회장. 조선의학협회 초대회장 역임. 沈鎬燮과 동명이인일 수도 있다.(한국민족문화대백과사전)

月落烏啼霜滿天 江楓漁火對愁眠
姑蘇城外寒山寺 夜半鍾聲到客船

//달 지고 까마귀 울어 하늘에 서리 가득한데
//강가 단풍, 배의 불빛 대하며 시름겨워 잠 못 드네
//고소성(姑蘇城) 밖 한산사(寒山寺)의
//한밤 종소리는 나그네 배에 들려오네! –장계(張繼)의 楓橋夜泊–

95. 춘수春水 이원영李元榮 거사 시

崢嶸秀骨露眞容　　景物誘人住客筇
南接梵魚名勝地　　北通靈鷲最高峰
道佛神功千載塔　　尊師手迹十圍松
那得浮生閒暇日　　登臨踏盡月邊鍾

가파르고 빼어난 절경은 진여 모습 드러내는 듯
경치와 물상이 사람을 유인하니 나그네 지팡이 머물렀네.
남쪽으론 범어사梵魚寺의 이름난 금정산에 이어지고
북쪽으론 영축산靈鷲山의 상상봉과 통했구나
진리를 깨달은[道佛] 신비한 공덕은 천년을 간직한 탑이요
경봉존사尊師의 글씨는 열 아름드리 소나무 닮았네.
언제쯤 덧없는 중생들 한가한 날 얻어서
저 신금강에 다 올라서 달빛 아래 종소리 들어볼까?

春水 李元榮
춘수 이원영[128]

128) 이원영(李元榮, 1910-1985) : 구한말 언론인. 매일신보 도쿄 특파원 · 논설위원, 《동양지광東洋之光》 등 잡지에 기고寄稿한 흔적이 보인다. ○《동양지광東洋之光》 : 구한말 월간 순일문 잡지. 1939년 7월 1일 창간, 1945년 5월 15일 통권 83호를 끝으로 폐간되다. 편집겸 발행인은 박희도(朴熙道, 1889~1951)며 일제日帝의 내선일체內鮮一體와 황도선양皇圖宣揚을 주장하였다.

96. 창강蒼崗 이인상李寅相 거사 시

貧遊常恨未從容　　今日偸閒暫住笻
南望梵魚雲外海　　北來靈鷲眼前峰
香藏千載餘新竹　　元曉一去但碧松
寂滅窟深還思古　　沈吟坐到五更鍾

가난하게 노닐면서 조용하지 못함 늘상 한탄하다가
오늘에야 짬을 내어 잠시 지팡이 머물렀네
남쪽으로 범어사梵魚寺를 바라보면 구름 밖 바다련듯
북쪽으로 영축산靈鷲山에 오니 눈앞의 봉우리 같도다.
향기를 품은 천년 세월은 새 죽순竹筍에 남아있고
원효조사 한번 가시니 푸른 소나무만 남았네.
적멸보궁 깊은 도량으로 돌아와 옛 일을 생각하다가
깊이 생각하다 좌선에 드니 어느새 새벽 종소리 들리네.

京城府 蒼崗 李寅相
경성부 창강 이인상[129]

---

129) 이인상(李寅相, ?-?) : 구한말 시천교侍天敎 교도사(敎道師, 또는 敬道師)이며 언론인. 호는 창강蒼崗. 생몰년 미상. 1920년 시천교총부侍天敎總部에서 간행한《정리대전正理大全》에 서문을 쓰다. (한국민족문화대백과사전, 홍주일보)

97. 허균許均 거사 시

步步尋幽到盡容　　青山深處白雲笻
舊庵淸朝胸藏海　　大地題詩氣作峰
道士不還餘古塔　　胡僧已去但蒼松
箇中最感先生蹟　　千聖遺聲薄暮鍾

걸음걸음 그윽한 도량 찾다가 모습 다한 곳에 이르니
푸른 산 깊은 도량에 하얀 구름 지팡이 보이네.
옛 암자에 자고 나니 가슴은 바다를 품었고
대지에 시詩 지어 제목 달자 기세로는 봉우리도 만들겠네.
도인道人은 돌아오지 않아도 옛 탑은 그대로요
호승胡僧 달마는 벌써 가고 청솔만이 남아있네.
그 가운데 최고의 감상은 선생[鏡峰]의 자취이고
천성千聖이 남긴 음성은 저녁 종소리처럼 은은하네.

京城府 許均
경성부 허균

98. 전두환全斗煥 거사 시

曇雲寶月道形容　　從古名流幾卓節
峽裡清溪溪上寺　　簷端翠竹竹前峰
山禽白白千年鶴　　岸樹養養百尺松
臥遊千聖還多感　　魂到如聞月下鍾

구름 낀 보배 달은 도의 얼굴 형상인데
예로부터 이름난 도인 무리[道流] 몇이나 지팡이 꽂았을까?
골짜기에는 맑은 개울, 계곡 위에는 절이 있고
처마 끝에는 푸른 대숲, 대나무 앞엔 봉우리라
산새는 하얗고 하얗더니 천년 사는 학이 되고[130)]
언덕 끝 나무는 점점 자라 백 척 소나무 되었네.
누워서 천성산을 감상하니 도리어 정감情感이 넘치고
영혼은 그 곳에 이르러 달 아래 종소리 듣고 있네.

論山 全斗煥
논산 전두환

130) 천년학千年鶴 : 학은 장수長壽하는 새로 유명하다. 옛 기록에 "학은 3세가 되면 머리 꼭대기가 붉어지고, 7세가 되면 잘 날 수 있고, 14세가 되면 때맞추어 절도 있게 울 줄 알게 되고, 60세가 되면 새 깃털이 나며, 1천 년이 되면 그 빛깔이 푸르게 되는데, 이를 청학青鶴이라고 한다. 청학은 신선이 타는 새로, 이슬만 먹고도 잘 살 수 있다고 한다."고 하였다.

99. 연암淵庵 김낙봉金洛鳳 거사 시

地緣幽僻極從容　　每欲參禪踏着筇
道非有限成千聖　　山亦無窮亘萬峰
仙如待我層蹲石　　鶴或欺人獨立松
法界空空方夜寂　　淸心默坐曉聽鍾

땅이 그윽하고 외진 연고로 지극히 조용한데
언제나 선禪을 참구하려고 지팡이 짚고 살았네.
도는 한계가 없다 보니 천 분 성인을 이루었고
산도 또한 끝 없으니 일만 봉우리까지 뻗치었네.
신선은 나를 기다리며 층계진 돌길에 웅크린 듯
학은 사람을 속이려는지 소나무 옆에 홀로 섰네.
법계는 비고 비어서 비로소 밤 되어 고요한데
마음 비우고 묵연히 좌선하다 새벽 종소리 들었다네.

井邑 淵庵 金洛鳳
정읍 연암 김낙봉[131]

---

131) 김낙봉(金洛鳳, ?-?) : 구한말 동학교도東學敎徒, 본래 부안扶安 사람. 동학농민혁명 자료에 보면 경인년(1890)에 동학농민운동에 참여한 기록이 보인다. 형 김낙철(金洛喆, 호는 汝仲 溶庵)과 서울의 복합상소伏閤上疏에 참가했다가 다시 보은報恩 장내집회帳內集會에 참여하다. 생몰년 미상.(동학농민혁명 종합지식정보)

100. 금릉산인金陵散人 김관태金瓘泰 거사 시

玉氣金精又闢容　　天根無托賴如笻
日西影落東溟水　　雲捲勢連泰岳峰
吼虎高蹲崖下石　　蟠龍倒臥澗邊松
禪師玆鍊遺千偈　　時出孤庵一磬鍾

옥의 기운 금의 정기로 또 한번 그 모습 열어 보니
타고난 근성은 의탁 않다가 지팡이처럼 의지하네.
해는 서쪽으로 지면 그림자는 동해 바다[東溟水]로 떨어지니
구름 걷힌 기세는 태백산 끝까지 이어지네.[132]
포효하던 호랑이는 언덕 아래 바위에 웅크리고
서린 용은 거꾸로 물가 소나무에 누워있네.

132) 태악泰岳은 강원도 태백시, 정선군. 경상북도 봉화군에 걸쳐있는 태백산(太白山 1566.7m)을 가리킨다.

경봉선사가 이처럼 수행하며 많은 게송 남겼는데

때때로 외딴 암자에서 예불 종소리 들리노라.

金陵散人 東悔 金瓘泰

금릉산인 동회 김관태[133]

133) 김관태(金瓘泰, -?) : 下西面蘭菊契 會員으로 호는 동회(東悔). 생몰년이나 전기미상. 원문에 灌泰의 灌은 瓘의 오자誤字, 난국계蘭菊契는 1922년(壬戌年) 당시 명단 바로 옆에 "파수천년통도사波水千年通度寺 낙화삼월무풍교落花三月舞風橋"란 당시 주지 구하九河스님이 칠언절구의 시를 짓고 직접 글씨를 새겨놓을 정도로 주도한 것으로 추측된다. 하서면下西面은 오늘의 원동면의 옛 명칭.(통도사 하서면난국계 이름바위 참조)

101. 동제東濟 김성필金聲弼 거사 시

堯壽禹跡古形容　　方士眞人幾住筇
泰嶽曾聞四萬丈　　金剛又見二千峯
山從香園稱千座　　地闢仙都盡赤松
推憶元師心法處　　煙霞絶頂數聲鍾

요堯임금의 수명과 우禹왕의 치수治水한 행적 닮으려고[134]
방사方士와 진인眞人들 몇 사람이나 지팡이 머물렀나?[135]
높은 산은 일찍이 4만 길이나 된다 들었는데
금강산은 2천 봉우리가 더 있음을 보았다네.

134) 요수우적堯壽禹跡 : 요수堯壽는 요나라 순임금이 재위 기간이 70여 년이라 길었던 점을 지칭한 듯 하고, 우적禹跡은 우임금이 治水한 지역이니 중국 영토를 말한다.

135) 방사方士 : 신선의 술법을 닦는 사람을 지칭하는 말. ㅇ진인眞人 : 참된 도를 깨달은 사람, 특히 도교의 깊은 진리를 깨달은 사람을 말한다.

산은 향기 동산[香園]에서 왔으니 천성의 자리로 알맞고
땅에 신선 도시 만드니 모두 적송지가 된 듯 하네.
원효조사 심법心法 전하던 도량을 기억해보니
노을 안개 자욱한 절벽 끝까지 종소리 들리네.

梁州散人 東濟 金聲弼
양주산인 동제 김성필136)

136) 김성필(金聲弼, ?-?) : 양산 출신 인물, 호는 동제東濟. 하서면난국계下西面蘭菊契 계원으로 통도사 이름바위에 보인다. 생몰년 미상. 하서면下西面은 현재의 양산시 원동면院洞面 일대의 옛 명칭이다.

102. 석남石南 이원李傆 거사 시

金剛新出舊無容　　何日仙僧住錫笻
色色空空寂寂界　　層層矗矗奇奇峰
鹿隨靈艸遊深圃　　鶴和嶺雲捿古松
一夢輪回誰有覺　　萬塵消却數聲鍾

구금강에서 신금강이 나오니 옛 모습 간 데 없고
신선 같은 스님은 다시 어느 날에 지팡이로 머무를까?
색은 색대로 공은 공대로 고요하고 고요한 경계요
층층마다 우뚝하고 기기묘묘한 봉우리로다.
사슴은 신령스런 풀 따라 깊은 밭에서 뛰어다니고
학은 고개마루 구름과 어울려 고송古松에 둥지 트네.
한 바탕 꿈은 바퀴처럼 도는데 그 누가 깨게 했을까?
온갖 번뇌 사라진 곳에 종소리 여러 번 들리네.

忠清南道 公州郡 木洞 石南 李傆
충청남도 공주군 목동 석남 이원[137)]

137) 이원(李傆, ?-?) : 구한말 선비. 순종 3년(1909)에 저작된《동국문헌보유東國文獻補遺》는 3권 3책인데 이원李源의 서문이 보인다. 또 고종 29년 임진(1892)에 "또 예조의 말로 아뢰기를, 「방금 사관소四館所」의 첩정牒呈을 보니, 유학有學 이원李傆에게 벼슬을 내리셨다"는 교지敎旨가 보인다. 그의 행적과 생몰년 미상. 류인희(柳寅熙, 1899~1924)의 일기, 동국문헌보유 참조

103. 석간石澗 김종영金鍾瑛 거사 시

天開勝地到從容　　千座同携九節筇
衆生遺法盈慈海　　四繞靑山盡一峰
眞禪修道依閒榻　　老鶴無心下碧松
六塵消滅奉善裏　　俗客難眠半夜鍾

하늘이 명승지 열어서 조용한 곳에 이르더니
천성의 자리마다 아홉 마디 지팡이 끌어왔네.
중생에게 남긴 법은 자비 바다에 넘쳐나서
청산을 사방으로 둘러싸니 봉우리 전체에 가득하네.
진정으로 도닦는 수좌는 걸상에 한가히 앉았으니
나이든 학은 무심하게 푸른 소나무로 내려앉네.

138) 김종영(金鍾瑛, 1915~1982) : 경남 창원 출신 조각가. 본관은 김해金海. 호는 우성又誠. 경상남도 창원에서 태어나 서울 휘문중학교를 거쳐 동경미술학교에 유학하다. 1946년에 서울대학교 조소과 교수로 퇴임 때까지 근속하다. 1949년에 대한민국미술전람회에 추천작가로 「여인좌상」을 출품, 초대작가・심사위원을

육진六塵 경계 없어지고 선행을 받드는 중에

세속 나그네는 잠 못 이루다 한밤 종소리 들었네.

密城散人 石澗 金鍾瑛
밀성산인 석간 김종영[138)]

역임. 서울특별시문화위원(1955), 한국디자인센터 이사장 대한민국예술원 회원, 국민훈장동백장(1974)을 수상. 대표작품 : 「가족」(1965),「전설」(1958) 등. 그러나 동명이인일 수도 있다.

104. 남강南崗 윤찬의尹瓚儀 거사 시

此外群山不敢容　　斯金剛色老仙節
曺溪水落雷千石　　元曉臺空月萬峰
鈠閣行雲連玉宇　　蓮燈禪客坐喬松
老人若問尋眞路　　絶嶺中間有藁鍾

신금강 밖의 여러 산은 볼만한 경치도 아닌데
여기 금강산 산색은 노선老仙의 지팡이처럼 멋지구나
조계의 물은 천 개 바위에 요란하게 떨어지고
원효대元曉臺는 비었어도 봉우리마다 달이 떴네.[139)]
심검각尋鈠閣을 지나는 구름은 하늘 궁전으로 이어지고
연등 밝힐 선객은 큰 소나무에 좌선하네.
나이 든 사람 진리 찾는 길을 나에게 묻는다면
절벽 고개 중간의 짚북재 종소리 들으라 하겠네.

蔚山郡 南崗 尹瓚儀
울산군 남강 윤찬의

---

139) 원효대元曉臺 : 원효대사가 창건한 절이나 암자. 양산 천성산 원효암, 경기도 소요산 자재암 등이 모두 원효대에 해당한다. ㅇ옥우玉宇 : 하늘 궁전, 천제天帝가 사는 궁전.

105. 학산鶴山 백남철白南哲 거사 시

峻嶒無愧金剛容　　此地何人不住笻
萬里仙踪閒月塔　　千年佛骨老雲峯
龍勢飛紛成白沛　　鶴心搖落下孤松
或恐山家塵染到　　間間來打法磬鍾

높고 험준함은 금강산에 비해 부끄럽지 않은데
여기 오면 어떤 이든 지팡이 머물지 않으련가?
만리 먼 신선의 자취는 한가한 달빛어린 탑이요
천년 지난 부처님 골수는 오랜 구름 봉우리 같다네.
용의 기세는 분분히 날아 은빛 폭포를 이루더니
학의 마음은 외로운 소나무를 흔들며 내려앉네.
어쩌다 산속 절이 티끌 번뇌에 물들까 저어하는지
사이사이 와서는 예불하는 경쇠와 종을 치는구나.

大邱府 鶴山 白南哲
대구부 학산 백남철[140]

---

140) 백남철(白南哲, 1880-?) : 독립운동가. 대구 동상면 長洞 출생. 대구달성학교 졸업. 1930년 9월에 치안유지법 위반 피의사건에 全廷權 외 32명이 기소된 바 그 중의 一人.

106. 남은南隱 이성조李成祚 거사 시

聞繁此地見從容　　千古今來住幾筇
道人去跡石成佛　　洞口閒情雲作峰
曲溪送冷聲聲雨　　絶壁掛圖落落松
旧小金剛新更好　　幽庵處處打時鍾

소문 듣고 빈번히 찾아와 조용한 모습 보고서는
천고의 세월에 몇 사람이나 지팡이 머물렀나?
도인들 흔적 남기려 돌에는 불상 새기었고
동천 입구에 생각이 한가하니 구름은 봉우리 되었네.
꼬불꼬불 계곡에 찬 물은 소리마다 빗소리 되고
절벽에 걸린 그림처럼 낙락장송落落長松 되었네.
예전의 소금강小金剛을 신금강新金剛으로 개명 잘 했다고
그윽한 암자 곳곳마다 때 맞춰 종을 쳐주네

康津郡 南隱 李成祚
강진군 남은 이성조

107. 국은菊隱 이규천李圭千 거사 시

新剛釰立揷天容　　壁路如椨上客笻
不雨雷聲溪萬壑　　非冬雪色石千峯
客來此地如蓬島　　僧臥高樓半赤松
伴宿玉堂天欲曙　　鐸鳥俄罷又晨鐘

신금강은 칼을 세워 하늘에서 꽂은 모습인데
절벽 길은 서까래처럼 나그네 지팡이 올린 것 같네.
비는 내리지 않아도 계곡 물은 우뢰처럼 들리고
겨울도 아닌데 천 봉우리엔 눈 맞은 바위 뿐이네.
나그네들 와서는 이 땅이 봉래산蓬萊山 같다고 말하고
높은 누각에 누운 스님은 벌써 적송자赤松子가 다 된 듯.
친구와 옥당玉堂에 자고서 여명이 밝아올 무렵[141]
목탁 새 소리 그치자 새벽 종소리 또 들려오네.

蔚山郡 菊隱 李圭千
울산군 국은 이규천[142]

141) 천욕서天欲曙 : '날이 새려 하다' 의 뜻.
142) 이규천(李圭千, ?-?) : 독립운동가. 언양 작천정鵲川亭 바위에 새긴 이름[刻石名單]을 연구한 결과 1919년 언양 4. 2. 만세시위를 주도한 인물로 보인다. 생몰년 미상.(울산신문 2020년 11월 7일자)

108. 영축산인 양뢰산梁雷山 선사 시

二儀餘黃闢斯容　　天步星園奉心節
路入佳區多碍石　　地臻勝脈插奇峯
蒼山海水無他物　　萬樹千莊特一松
題小金剛点畵足　　峴傳槖皷古樓鍾

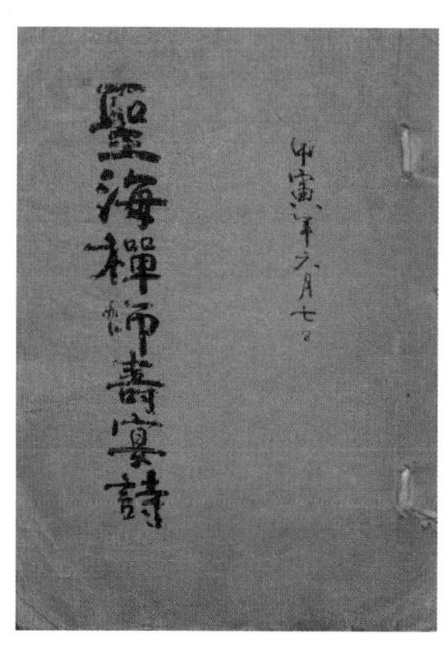

聖海禪師壽宴詩
(大正3년 甲寅年 1914년 6월 7일)

음과 양이 넉넉한 황금빛으로 신금강 얼굴을 여니[143]

별빛 동산에서 왕의 행차처럼 마음 지팡이 받들었네.

길 따라 우아한 도량 들어가니 걸림돌이 즐비하고

땅은 수승한 맥에 이르니 진기한 봉우리 꽂아넣은 듯.

푸른 산과 바닷물 외에 다른 건 안 보이는데

만 그루 수목, 지천인 풀밭에 소나무만 눈에 띄네.

소금강이라 이름 짓고 점찍어 그린 걸로 충분한데

산마루엔 짚북재[藁皷嶺]의 누각에서 종소리 전하노라.

靈鷲山人 梁雷山

영축산인 양뢰산[144]

143) 이의二儀 : 음과 양, 또는 하늘과 땅을 아울러 이르는 말. ○천보天步 : (1)왕의 행보, (2)한 나라의 운명. 여기서는 (2)의 뜻이 맞을 듯 하다.

144) 양뢰산(梁雷山, ?-?) : 통도사 스님. 호는 창강(蒼崗, 1922년대) 스님은 선비들의 친목 모임인 난국계蘭菊契 회원으로 함께하였다. 생몰년 미상. 《聖海禪師壽宴詩》는 성해남거聖海南巨 화상의 환갑 壽宴詩 모음집인데 張志淵, 徐石齊, 申彗月, 李晦光 등 당대 승속의 유명 인사들의 축하시가 실려 있다. 梁雷山도 聖海長老回甲宴詩律錄序를 짓다.(大正3년 甲寅 1914년, 불교기록문화유산아카이브 자료)

109. 무주걸객無住乞客 금포錦圃 선사 시

江南勝地擅君容　　幾使塵襟頭住笻
孤雲淡淡生幽谷　　恠鳥喃喃入亂峰
芳草一溪飛白雪　　奇岩千載掛黃松
探盡烟霞重疊境　　斜陽影裏聽寒鍾

한강 이남 좋은 땅에 그대 모습 연상했는데
몇 번이나 속된 생각[塵襟]으로 산마루에 지팡이 두었을까?[145)]
외로운 구름은 그윽한 계곡에서 무던히 피어나고
어여쁜 새는 재잘대다 어느덧 봉우리에 들어가네.
방초 핀 골짜기에는 하얀 눈이 날리고
기암은 천년 지나 황소나무에 걸리었네.[146)]

145) 진금塵襟 : 속된 마음이나 평범한 생각
146) 황송黃松 : 나무를 벤지 5-6년이 지나 흙 속에 있는 뿌리에 복령茯苓이 생기는 소나무의 한 종류를 황소나무라 부른다. 茯苓은 이뇨제利尿劑 등으로 쓰인다.

안개와 노을이 첩첩한 경계를 모두 찾다가

석양에 비친 그림자 자욱한데 차가운 종소리 들었노라.

無住乞客 錦圃
무주걸객 금포[147)]
- 머무는 곳 없이 걸식하는 나그네 금포

147) 금포수현(錦圃守玄,?-?) : 용성龍城스님비문 門徒秩에 受法제자로 금포수현錦圃守玄스님이 보인다. 생몰년 및 행적 미상.(2001년 정월 문손 西岡奇玄 정리 建碑 범어사주지 牧牛性悟)

110. 명곡明谷 우인복禹仁福 거사 시

畵出金剛彷彿容　　尋眞才子幾停笻
山扉鎖作奇岩石　　谷水源流疊峀峰
種得籬邊居士竹　　杳然窓外法人松
此中歲月自生樂　　閑坐雲間聽曉鍾

신금강을 그림으로 내보이니 모습은 비슷한데
진리를 찾는 인재들 몇 분이나 지팡이 머물렀나.
산 문짝에 기암괴석을 쇠사슬로 연결했더니
계곡물 원류는 산굴과 봉우리에 첩첩하네.
울타리 옆에는 부설浮雪처럼 대나무를 심더니[148]
창밖으론 법 깨달은 분[鏡峰]이 심은 소나무가 아득하네.

---

148) 거사죽居士竹 : 부설거사의 팔죽시(八竹詩)를 연상케 하는 詩語이다. 詩云
"此竹彼竹化去竹 風打之竹浪打竹
粥粥飯飯生此竹 是是非非看彼竹
賓客接待家勢竹 市井賣買歲月竹
萬事不如吾心竹 然然然世過然竹
[이런 대로 저런 대로 되어 가는 대로, 바람 부는 대로 물결 치는 대로,
죽이면 죽, 밥이면 밥, 이런대로 살고, 옳으면 옳고 그르면 그르고 저런대로 보고,

이 가운데 세월 지나 저절로 즐거움 생겨나더니
한가히 좌선하다가 구름 사이로 새벽 종소리 들었노라.[149)]

梁山 明谷 禹仁福
양산 명곡 우인복

손님 접대는 집안 형편대로, 시정 물건 사고 파는 것은 시세대로, 세상만사 내맘대로 되지 않아도, 그렇고 그런 세상 그런대로 보내세.]"
○부설거사(浮雪, -?) : 신라 선덕여왕 때의 거사. 이름은 진광세陳光世 15세 에 불국사로 출가하고 도반과 오대산으로 가던 중 김제 만경지방 구무원仇無寃의 집에서 유숙하다가 부설은 딸 妙花와 결혼하여 거사가 되다.

149) 청효종聽曉鍾 : 앞의 문신종聞晨鐘처럼 새벽 종소리 듣고 깨달은 일을 뜻함.

111. 장이진張二鎭 거사 시

梁州佳麗爲誰容　　被彼元師愛住笻
羅代千年空逝水　　金剛四面盡奇峯
焚香寶殿雲垂地　　洗鉢靈泉月近松
昨夜多情千聖雨　　教余不藏又聽鍾

양주梁州의 수려함은 누구를 위한 모습일까?[150)]
저 원효조사의 공덕으로 지팡이 사랑하며 머물렀네.
신라대 천년 역사는 물처럼 부질없이 흐르는데
금강산 사면은 모두가 기이한 봉우리라네.
대웅전에 향 피우고 예불하니 구름은 땅으로 내려오고
신령한 샘물에 발우 닦으니 달은 소나무에 걸렸구나.[151)]
어젯밤 천 분 성인은 다정하게 비처럼 내리는데
나에게 감추지 말라고 하면서 또 종소리 들려주네.

金海郡 孝洞 張二鎭
김해군 효동 장이진

150) 양주梁州 : 양산을 지칭하는 옛 지명.
151) 분향焚香과 세발洗鉢은 스님의 수행생활을 대표하는 시어詩語이다.

112. 도봉용납道峯傭衲 석태수釋泰秀 선사 시

金剛秀色絶奇容　　到此詩人幾住笻
德分上下淺深水　　時走西南多少峰
鶯到陳山出幽谷　　鶴欲栖南來古松
莫道斯間潑味薄　　朝朝暮暮聽踈鍾

신금강의 빼어난 산색은 절묘한 모습이여
여기 온 시인 몇 사람이나 지팡이 머물렀나?
덕은 위에서 아래로 물은 얕은 데서 깊은 데로 나뉘고
때때로 서쪽과 남쪽 약간의 봉우리로 달려가네.
오래도록 산속 꾀꼬리는 깊은 골짜기에서 출몰하고
학은 남쪽에 깃들려고 옛 소나무로 오려는 듯.
이 가운데 풍기는 맛이 박薄하다 말하지 마시게
아침마다 저녁마다 성근 종소리 들린다네.

道峯傭衲 釋泰秀
도봉용납[152] 석태수

---

152) 도봉용납道峯傭衲 : '도의 봉우리에 고용雇傭된 스님' 이란 뜻이니 산중에서 일하는 것이 곧 도닦는 것이란 신조信條로 살던 특이한 승려를 말하는 표현이다.

113. 천성산인 강양수姜養秀 선사 시

青天削出此門容　　墨客騷人日住笻
明月更圓三五夜　　宿雲深鎖萬千峰
心歸覺岸無邊性　　跡隱高岑學種松
問汝修禪如許否　　笑而不答打時鍾

푸른 하늘을 깎아서 이런 얼굴로 내보이니
시인과 묵객墨客들이 날마다 지팡이를 머물렀네.
밝은 달은 다시 보름달로 둥글어지고
잠자던 구름은 깊게 1만 2천 봉우리를 덮었네.
마음은 깨달음의 피안에 끝없는 성품으로 돌아와
높은 산에 숨어서 소나무 심는 일 배웠네.
자네에게 참선 수행을 허락할까 말까 묻는데
웃으며 대답하지 않는데 때맞춰 종을 치는구나.

千聖山人 姜養秀
천성산인 강양수

114. 해초海初 정현鄭玄 거사 시

派分長白德句容　　羅代玄師植道笻
五曲雲深浮鉢水　　千年月隱結茅峰
諸靈聽法龍和鳥　　古佛遺形石抱松
曠劫無憑要一證　　高僧不語自鳴鐘

백두산[長白山]에서 물줄기 나뉘어 덕스런 말 하던 모습으로
신라대 원효큰스님이 도의 지팡이를 심었다네.[153)]
다섯 굽이 계곡에 구름 깊고 발우 씻은 물은 떠가고
천년 세월 달이 숨던 봉우리에 띠풀 암자[茅庵] 엮었네.
모든 영가들 법문 듣고는 용이 새들과 어울리듯 하고
옛 부처 사리[遺形]는 바위가 소나무 품은 모습인데.[154)]
오랜 세월 어디에 기대지 않고 한번 깨닫기 바랬더니
경봉스님은 아무 말씀 없는데 자연히 종이 울리도다.

蓬洲逸民 海初 鄭玄
봉주일민 해초 정현
- 봉주蓬洲에 숨어 사는 백성 해초 정현 짓다

153) 나대현사羅代玄師는 곧 원효스님을 지칭. ㅇ봉주蓬洲는 중국 산동성의 지명이며, 한국은 제주도濟州道를 지칭하기도 한다.
154) 유형遺形 : 부처나 고승이 지상에 남긴 육신의 형체라는 뜻이니, 원래는 유형遺形 또한 시신屍身을 돌려 표현하는 말인데 사리舍利와 통용하여 쓴다.

115. 삼우三愚 김만철金萬轍 거사 시

金剛又此呈新容　　賴得山靈招客笻
香烟處處多仙窟　　奇石層層皆玉峯
溪回懸壁飛龍瀑　　雲宿深林鶴捿松
淸曉夢惺千聖偈　　紫霞伴藏一聲鍾

구금강에다가 또 신금강의 모습을 올렸더니
산신령의 능력 빌어 나그네 지팡이 불러들였네
향 연기 자욱한 곳곳마다 신선 동굴이 즐비한데
기암 바위는 층층마다 모두 옥색 봉우리 되었네.
계곡은 돌아서 비룡폭포飛龍瀑布처럼 절벽에 매달린 듯[155]
구름도 잠든 숲속, 학은 소나무에 둥지 트네.
맑은 새벽 꿈 깨어 천성千聖의 게송을 읊었더니
보랏빛 노을을 벗 삼더니 종소리마저 은은하네.[156]

秋城 三愚 金萬轍
추성[담양] 삼우 김만철
- 담양에 사는 삼우 김만철 짓다

155) 비룡폭포飛龍瀑布 : 강원도 고성군 설악동에 있는 폭포. 그 위로 토왕성폭포가 있고, 금강산에는 구룡폭포九龍瀑布가 있다. 폭포 위로 상팔담上八潭과 관폭정觀瀑亭이 아름답다. 이것은 금강산을 묘사하면서 설악산의 최고 절경을 함께 거론한 것이다.

설악산 비룡폭포(飛龍瀑布)

금강산 구룡폭포(九龍瀑布)

156) 자하紫霞 : (1) 보랏빛 노을 (2) 전설에서 신선이 사는 곳에 서리는 노을이라는 뜻이니 신선이 사는 궁전을 비유적으로 이르는 말. ㅇ추성秋城 : 전라남도 담양潭陽의 옛 지명.

116. 호서산인湖西散人 안인식安寅植 거사 시

道深如海世難容　曾向此山柱法笻
日月相尋經劫地　風塵不到插天峯
叢頭應是點頭石　養老拯餘摩頂松
千聖心傳無一語　白雲深處數聲鍾

바다처럼 깊은 도는 세상에서 볼 수 없는 모습인데
그 옛날 여기에서 (원효스님이) 법주장자 세웠더라.
해와 달이 서로 찾듯이 겁의 땅을 지나와서
풍진 번뇌 이르지 않는 하늘 봉우리에 꽂았다네.
총림의 어른이 법문하니 돌도 머리를 끄덕였고[點頭石][157)]
양노염불회로 중생 건짐은 이마 만지던 소나무[摩頂松] 같네.[158)]
천성들이 마음으로 전하여 한 마디 말 없어도
흰 구름 깊은 도량에 종소리 여러 번 들려오네.

己巳 夏 湖西散人 看山 安寅植
기사(1929) 하 호서산인 간산 안인식[159)]

157) 점두석點頭石 : 중국 동진東晉의 도생道生법사가 소주蘇州의 호구산虎丘山에서 《열반경》을 강의하면서 일체중생 개유불성一切衆生 皆有佛性이라 하면서 무정중생無情衆生과 일천제一闡提까지도 불성佛性이 있다고 설하자 믿는 사람이 없었는데 산의 바위들이 머리를 끄덕였다고 하는 고사故事에서 유래.

소주(蘇州)의 호구산(虎丘山) 백련지에 있는 1500년된 점두석(點頭石)

158) 양로염불회養老念佛會 : 경봉선사가 통도사 극락암에서 1925년에 조직한 만일 염불회 모임, 이들을 대상으로 1927년에 화엄산림법회를 창설하다. ㅇ만일염 불회는 758년 신라시대 발징發徵화상이 건봉사에서 염불결사를 최초로 개설하였다. ㅇ마정송摩頂松 : 중국 산동 제남시 靈巖寺 대웅전 뒷편의 천년 묵은 잣나무 이름. 故事에, "唐 玄奘이 불경을 구하러 서역으로 갈 때 영암사에 들러서 손으로 나무를 쓰다듬으며, 「내가 서쪽으로 가서 불경을 얻으러 가는 동안은 네

중국 산동성 제남시 장청현 영암사에 있는 마정송(摩頂松) (신승전, 속고승전)

가지를 서쪽으로 자라게 하렴. 동쪽으로 돌아올 때는 가지를 동쪽으로 자라게 하여 내 제자들이 알 수 있도록 하려무나.」 몇 년이 지나고 서쪽으로 자라던 가지가 갑자기 동쪽으로 자라기 시작하니, 제자들은 스승이 돌아온다는 것을 알게 되었다."

159) 안인식(安寅植, -?) : 충북 괴산槐山 지역에 살았던 분이라 호서산인湖西散人이라 한 것 같다. 생몰년 미상. 친일인사명단에 유교대표로 나온다.(2005.8.29)

117. 노전蘆田 김성민金性珉 거사 시

堪作金剛萬二容　　古今才子幾停笻
削來皆骨重重石　　模出落機立立峰
幽谷神龍噴雪瀑　　遙岑眠鶴栖巖松
那得曉師吹笛術　　登樓笑和月过鍾

금강산을 그대로 본떠 1만 2천의 모습을 만드니
고금에 재주 가진 몇 사람이나 지팡이 머물렀을까?
개골산을 깎아 와서 거듭거듭 바위 만들고
모형을 꺼내고 기계를 터니[160] 우뚝우뚝 봉우리 되었네.
그윽한 계곡의 신룡神龍들은 하얀 폭포를 뿜어내고
먼 산에 잠든 학은 바위에서 자란 소나무 되었네.
어떻게 원효조사는 피리 부는 기술을 배웠을까?
누각에 오르니 달 가의 종소리에 웃으며 화답하네.

二九五六年 夏 芦田 金性珉
2956년(1929) 하 노전 김성민[161]

160) 모출낙기模出落機 : 거푸집이나 모형을 만들고 거기에 주물을 넣어 원하는대로 형상을 만들고나서 공간을 채운 모래를 털어내는 것처럼 아름다운 절경을 찍어내듯 만들었다는 뜻.

161) 김성민(金性珉, ?-?) : 일본 大阪 西成區 鶴見橋 北通 五町目 7에 사는 재일교포 불자, 호는 우치又痴 노전芦田. 생몰년 미상.《삼소굴일지》1931년 3월 24일부터 서신교환이 이루어지고 여러 번 한시를 주고받는 행적이 보인다. ㅇ노전芦田 : 갈대밭. 芦는 蘆의 속자.

118. 구남龜南 김영두金榮斗 거사 시

今想金剛舊日容　　恒時一碧駐遊笻
萬緣不到菩提地　　千聖如來般若峰
說法岩壇龍聽水　　談經雲塔鶴還松
曉師卓錫羅朝事　　已有年深尙記鍾

지금에 와서 신금강의 옛 모습 상상해 보니
언제나 청산에 노닐던 지팡이로 머물렀네.
만 가지 인연으로 깨달음에 이르지는 못했어도
천분 성인 여래는 반야의 봉우리가 되었네.
설법하는 바위 제단에서 용은 물소리 들었고
경을 말하던 구름 탑에는 학이 소나무로 돌아왔네.
원효조사 지팡이 꽂은 건 신라 때의 일이지만
세월은 지났어도 아직도 종鐘은 기억한다네.

海東逸民 龜南 金榮斗
해동일민162) 구남 김영두163)

---

162) 해동일민海東逸民 : 숨어서 지내며 수행하는 사람이란 뜻.

163) 김영두(金榮斗, 1870~?) : 독립운동가 겸 천도교인. 雅號는 천홍泉興. 함경남도 영흥군 횡천면橫川面 출생. 1919년 3월 17일 영흥군 횡천면에서 독립만세운동 전개하려 계획하다가 일경日警에 누설되어 체포되다. 정부는 2006년 3월 1일에 대한민국 건국포장建國褒章을 추서하다. ㅇ구남龜南은 부산시 북구 구포와 김해로 가는 길이름을 龜南路라 하므로 구포근처에 살던 거사로 생각된다.

119. 반반산인半盤山人 박선술朴善述 선사 시

金剛別界畵難容　　氈客倏然暫住筇
磵水長流鳴萬壑　　奇岩重疊作千峰
歸山學佛通眞理　　出世爲仙伴赤松
元曉尊師曾擬錫　　今來惟有月邊鍾

신금강의 특별한 경치 그 모습 그리기 어려운데
구경하던 나그네 돌연히 지팡이 잠시 머무네.
석간수石間水 길게 흘러 온갖 골짜기를 울리더니
기암奇巖들은 거듭 쌓여 천 봉우리 만들었네.
산중으로 돌아와 부처님 진리 통달하더니
출세간에 신선 되어 어느새 적송자와 벗 되었네.
원효 큰스님 석장 잡던 일 일찍이 더듬다가
오늘 와보니 오직 달 가의 종소리만 남았네.

半盤山人 海石 朴善述
반반산인[164] 해석 박선술

164) 반반半盤은 인천시 중구 신포로(해안동 2가)의 옛 지명인 듯.

120. 김환해金丸海 선사 시

金剛一幅畵山容　　羅代聖師休法笻
皆骨化身深邃谷　　奇巖恠樹萬光峰
四季靑靑君子節　　千秋鬱鬱老孤松
歷代仙僧修道處　　月白風淸打曉鍾

신금강을 한 폭으로 산 모습 그렸는데
신라대 원효성사는 법 지팡이 놓고 쉬었다네.
개골산은 몸을 변하여 깊고 깊은 골짜기 되고
기암과 예쁜 나무는 온갖 광명 내는 봉우리 되었네.
사계절 내내 푸르고 푸른 건 군자의 절개이고
천년 세월 울창한 건 늙고 외로운 소나무로다.
역대歷代로 신선 같은 스님들 도 닦던 곳
밝은 달 맑은 바람 부는데 새벽종을 치도다.

二九五九年 孟夏 金丸海
2959년(1932) 맹하 김환해

121. 문기옥文奇玉 거사 시

山川遊覽黯淡客　　奇岩勝境住行節
滿地垂楊多月色　　青露嵐光出遠峯
杳杳楓林雲無跡　　高高香嶽碧一松
老樹空枝搆鶴圈　　如此瀑聲不時鐘

산천을 유람하며 자욱하고 무던한 나그네들이
기암석벽 절경에서 다니던 지팡이 머물렀네.
땅에 늘어진 수양버들에 달빛이 만연한데
푸른 이슬 아지랑이 빛은 먼 산에서 나온다네.[165)]
아득하고 아득한 단풍 숲속 구름에 자취 사라지니
높고 높은 묘향산에는 소나무 홀로 푸르네.[166)]
늙은 나무 빈 가지에 학은 둥지를 트고
이곳 폭포 소리와 같이 때 아닌 종소리 들리네.

昭和七年 六月 日 文奇玉
소화 7년(1932) 6월 일 문기옥

---

165) 수양垂楊 : 가지를 내려뜨린 수양버들을 지칭하는 말. ㅇ남광嵐光 : 햇빛에 빛나는 산의 아지랑이를 일컫는 말.
166) 향악香嶽 : 묘향산을 지칭하는 말로 많이 쓰인다.

122. 천성산인 장교조張教祚 선사 시

新金剛景可難容　　故令曉師住法笻
雪凝枯枝花滿谷　　雲掛落巖龍盤峰
百浠常觸幾穿石　　千聖已寂惟有松
月明夜靜星稀天　　孤客船到內院鍾

신금강의 경치는 형용하기도 어려운데
무슨 연고로 원효조사는 법주장자로 머물렀나?
마른 가지에 눈 쌓이니 계곡마다 눈꽃으로 가득한데
구름은 벼랑 바위에 걸리고 용은 봉우리에 숨어 있네.
백여 군데 폭포가 떨어져 바위 몇을 뚫었던가?
천성 자취 고요해지니 오직 소나무만 남아있네.
달 밝은 밤 고요한데 하늘에는 별이 드문드문
외로운 나그네 배 타고 내원암 종각에 이른 듯 하네.

二九五九年 夏 千聖山人 張教祚
2959년(1932) 하 천성산인 장교조

123. 천성산인 양만해梁萬海 선사 시

赤寂山形金剛容　　玩景高客携長笻
深林幽谷間間花　　奇巖怪石層層峰
千秋潺潺百澗水　　四季蒼蒼萬壑松
羅代創寺八十餘　　現存九處時鳴鍾

노을진 원적산 형상은 금강산의 모습인데
구경하던 고상한 나그네 긴 지팡이 끌고 왔네.
깊은 숲 그윽한 골에 간간이 꽃이 피고
기암괴석에 층층으로 산봉우리 아름답구나.
천여 년을 백여 개 시냇물이 잔잔히 흐르고
사계절을 골짜기에 가득한 소나무는 푸르고 푸르도다.
신라대에 창건한 절이 80여 곳이 넘는데
지금도 남은 아홉 도량에 때때로 종소리 울리네.[167)]

二九五九 初夏 千聖山人 梁萬海
2959년(1932) 초하 천성산인 양만해

167) 천성산의 아홉 곳 도량 : 양산의 (1) 원효암 (2) 미타암 (3) 홍룡사 (4) 금봉암 (5) 내원사 (6) 성불암 (7) 익성암, 기장의 (8) 장안사 (9) 척판암 (10) 금강굴 (11) 비로굴 (12) (대둔사) 노전암 등 12군 데가 현존한다.

124. 남강南岡 김진규金振奎 거사 시

金剛來脈鎖眞容　　自是元師幾住笻
澗下流聲回九曲　　雲邊月色上千峯
間藏道骨餘靑竹　　靜護仙庵在翠松
縱目無窮斜日立　　梵王宮裏落寒鍾

금강산에서 유래한 산맥에 진리 모습 숨겼는데
이로부터 원효법사는 몇 해나 지팡이 머물렀나?
개울 아래 흐르는 물소리 아홉 굽이로 돌아가고
구름 가의 달빛은 천 봉우리로 오르는 듯.
그 사이 도골道骨이 숨어선지 푸른 대나무 넉넉하고
금선암을 말없이 보호하려 푸른 소나무 서 있네.
끝없는 경치에 눈길 주다가 석양에 서 있는데
범천왕 궁전에서 차가운 종소리가 내려오네.

二九五九 夏 東萊人 南岡 金振奎
2959년(1932) 하 동래인 남강 김진규[168)]

---

168) 김진규(金振奎, -?) : 양산향교梁山鄕校의 전교典敎를 지낸 인물. 호는 남강南岡 동래사람. 본래 원동면院洞面 화제리花濟里에 사는 선비인 은계隱溪 김형윤金烔潤, 1879-?)의 아들로 선친의 《은계유고집隱溪遺稿集》을 2010년 8월 양산대학교 엄원대嚴元大가 한글로 번역하여 김진규 주도 아래 발행하다.

125. 농강산인農岡散人 김영진金泳鎭 거사 시

對山如見曉師容　　卜得金剛住錫筇
那知東國三千里　　又出南州萬二峰
從風踞虎懸崖石　　吹雨盤龍臥壑松
欲問當時千聖蹟　　白雲深處但聞鍾

산을 마주하니 원효조사 얼굴을 뵙는 것 같아
신금강에 점을 찍고 석장 짚고 머물렀네.
어찌 알았으리, 동쪽 나라 삼천리와
남쪽 땅에서 1만 2천 봉우리가 또 나올 줄을
바람 따라 나타난 호랑이 벼랑 끝 바위에 웅크린 듯
비를 몰고 온 용은 골짜기 소나무에 누운 듯 하네.
당시에 천 분 성인의 행적을 물으려 하였더니
흰 구름 깊은 도량에 단지 종소리만 들리네.

二九五九 夏 農岡散人 金泳鎭
2959년(1932) 하 농강산인 김영진[169]

169) 김영진(金泳鎭, 1870-1940) : 구한말 청하 군수. 자는 문백文伯 호는 농강農岡 본관은 안동安東. 통정대부通政大夫로 청하淸河군수를 지내고, 산소는 울주군 상북면 양동덕걸德杰 뒷산에 있다. 문집으로 농강유고農岡遺稿 2책이 있다.

126. 우산愚山 장두홍張斗泓 거사 시

欲探眞勝步從容　　滿笠西風暫住笻
活水長流磨矗石　　陰雲掃盡露尖峯
箇中多有逍遙跡　　物外曾知閱劫松
追想元師闢創蹟　　禪家朝暮報踈鍾

진실로 뛰어난 도량 찾으려고 조용히 걸었는데
삿갓에 서풍을 가득 담아 잠시 지팡이 머물렀네.
활발발한 물은 길게 흘러 우뚝한 돌을 갈아내고
그늘진 구름 쓸어내니 뾰족한 봉우리 드러났네.
그 가운데 소요하던 자취들 많이 남아있고
사물 밖에 세월 지난 소나무인 줄 일찍이 알았네.
원효조사 창건한 옛 자취 추억하려는데
선가禪家에선 조석으로 성근 종소리로 알려주네.

壬申 茶月(11월) 愚山 張斗泓
임신(1932) 11월[170] 우산 장두홍[171]

---

170) 다월茶月 : 일본식 달 이름에 11월을 紙月, 天正月, 茶月이라 한다.

171) 장두홍(張斗泓, -?) : 호성당석종虎惺堂奭鐘대선사의 후예라 하여 昭和16년(1941년)에 《통도사종무소상량문通度寺宗務所上樑文》을 지은 사람. 당시 住持 운제원찬雲堤圓讚 監務 경해태호鏡海太晧라 하다. 생몰년 및 나머지 행적 미상.(불교기록문화유산 아카이브 자료)

127. 영축산인 우동은禹東隱 강백 시

山岳截然露化容　前時禪德幾休笻
水聲碎盡崑崗玉　石骨多成釰閣峰
說法餘風鳴藁皷　種因奇跡老苔松
試看新出金剛景　碧樓掛在度生鍾

산악이 끊어져서 변화된 모습 드러났는데
예전 선덕禪德 중에 몇 사람이나 지팡이 놓고 쉬었던가?
물소리는 곤륜산의 옥 깨뜨리는 소리 같더니[172)]
바위 골수[石骨]는 모두 심검각尋劒閣의 봉우리 되었네.

172) 곤강崑崗 : 곤륜산崑崙山의 준말로 천자문 구절에 云, "金生麗水 玉出崑崗[金은 여수麗水에서 나고, 玉은 곤강崑崗에서 난다."라 하다.

설법하던 남은 가풍으로 짚북 소리 울렸더니

씨 뿌리던 지취로 인해 이끼 낀 소나무도 늙었구나.[173]

새로이 나온 신금강 경치를 넌즈시 보았더니

푸른 범종각에는 중생 제도하는 종鍾이 걸려 있구나.

靈鷲山人 禹東隱

영축산인 우동은[174]

---

173) 노태老苔는 노태수석老苔壽石의 준말이고, 노태송老苔松은 이끼 낀 돌과 소나무로 해석하였다.(역자주)

174) 동은스님(東隱, -?) : 일제 때 통도사 옥련암에 사시던 강백講伯, 백용성스님이 1901년 4월에 옥련암 동은강백에게서 염송拈頌을 공부했다는 자취와 한때 봉선사 홍법강원에서 강의한 자취도 보인다. 생몰년 미상. 한암중원漢岩重遠선사 비문에 의하면 사법嗣法제자로 나온다.(백용성스님의 전반기생애 한태식 논문, 대각사상 창간호)

128. 호거산인虎踞山人 문성봉文聖峰 선사 시

新出金剛幻舊容　　先師元曉住禪笻
流花錦繡三千里　　活畵巒峭萬二峰
深壑風生猿嘯石　　長空月照鶴眠松
毛公模筆非難事　　今日誰鳴藁皷鍾

신금강을 내보이니 구금강을 마술 부린 모습인데
선대 원효조사는 선사禪師 지팡이로 머물렀네.
꽃이 흘러가니 삼천리를 비단으로 수놓은 듯
가파른 산 1만 2천 봉을 살아있는 듯 그렸다네.
깊은 골짜기에 바람 불고 원숭이는 바위에서 울어대고
긴 하늘에 달빛 비치니 학은 소나무에 잠드네.
모공毛公이 붓으로 그려냄은 어려운 일 아니지만
오늘은 짚북재의 종소리를 누가 울리려나?

二九六○年 閏五 虎踞山人 文聖峰
2960년(1933) 윤오 호거산인 문성봉[175]

175) 문성봉(文聖峰, ?-?) : 雲門寺 스님. 생몰년 미상. 虎踞山은 운문사 뒷산 이름이고, 1950년대까지 운문사는 통도사 말사末寺였으며, 비구스님들 수행처였다. ○모공毛公은 붓을 의인화한 표현.

129. 농산귀객聾山歸客 운산일민雲山逸民 시

尖尖矗矗奇奇容　　過此何人不住筇
休云楊子元和洞　　正是申郎一見峰
澗廻瀑轉洋洋曲　　石白花紅間間松
癖在佳句沂古昔　　山門寂寂報晨鐘

뾰족뾰족 우뚝하고 진기한 모습이여!
이곳 지나면서 누구인들 지팡이 머물지 않으리요.
쉬면서 「여기가 양자楊子가 말한 원화동元和洞이니[176]
바로 이곳이 신申씨 소년이 보려던 금강산」이라 말한다네.[177]

---

176) 양자(楊子, -?) : 중국 전국시대의 사상가 양주(楊朱, 440-360bc?)를 높여 이르는 말. 字는 子居. 衛나라 사람. 개인주의 사상인 위아설(爲我說, 自愛說)을 주장. ○ 원화동元和洞 : 천지와 조화된 동천.

177) 신랑일견봉申郎一見峰 : 신랑은 신판서 댁 소년 곧 申觀浩 아들을 가리킨다. 신

시냇물은 돌아 폭포처럼 휘감으니 곡조가 넘치고 넘쳐
바위는 희고 꽃은 붉은데 사이사이 소나무 푸르네.
담벼락에 아름다운 글귀와 기수沂水의 옛 그림 남았는데
산문은 고요하고 고요한데 새벽 종소리로 알려주네.

癸酉 榴夏 聾山歸客 雲山逸民
계유(1933) 유하[178] 농산귀객 운산일민
- 계유년 하지절에 귀먹고 돌아온 나그네 구름 산의 숨어사는 백성이 짓다.

판서는 신관호(申觀浩, 1810-1884)를 지칭. 해담海曇율사 서문[新金剛詩選序]에도 언급하였다.

178) 유하榴夏 : 하지夏至절을 말하는데, 석류꽃이 핀다 하여 유하절榴夏節이라 한다. ㅇ기수沂水 : 중국 산동성山東省에서 발원하여 사수泗水로 들어가는 강. ㅇ벽廦은 원문에 벽癖이라 하나 벽廦의 오자誤字인 듯.

130. 신금강귀객新金剛歸客 정죽포丁竹圃 시

披雲踏石步從容　　轉入沙門智住笻
生面獸驚歸絶壁　　無心人坐對奇峯
檻頭淨聽三支水　　殿角森羅百尺松
千聖遺踪山得號　　至今餘在月邊鍾

름 헤치고 돌길 밟으며 조용히 걸었는데
사문沙門으로 출가해 들어가니 지팡이는 지혜로 머무르네.
살아서 마주치니 짐승은 놀라서 절벽으로 달아나고
무심한 사람은 앉아서 기이한 봉우리 마주하였네.
난간 끝에 세 갈래 물소리 청아하게 들리고
전각殿閣 끝 숲에는 백척 되는 소나무 가득하네.

---

179) 정죽포(丁竹圃, 1913-1968) : 자는 士賢 호는 竹圃 牛山. 본명은 정윤진丁允鎭, 본관은 羅州. 천자영오天姿英悟하여 일찍 망국亡國의 아픔 속에 숙부 정규삼丁圭三의 도움으로 대구사범학교를 졸업, 조국광복을 염원하면서 후진양성에 전념하다가 상주尙州 낙동중학교장 재임중 과로로 순직하다. 정부는 옥조근정훈장玉條

천성이 남긴 자취로 인해 산 이름 얻었다가

지금에 와서 달빛 아래 종소리만 남아있네.

甲戌 七月上澣 梁山東面 架山里 新金剛歸客 丁竹圃 大時
갑술 칠월상간 양산동면 가산리 신금강귀객 정죽포 대시
- 갑술년(1934) 7월 상순 (양산군 동면 가산리) 신금강으로 돌아온
나그네 정죽포丁竹圃[179]가 (개벽할) 큰 시간에 짓다.

勤政勳章을 수여하고, 《죽포 정윤진 추모집竹圃丁允鎭追慕集》이 전한다. 아들 정해창(丁海昌,1937-)은 노태우정부의 법무부장관, 대통령비서실장을 지냈다.(나주 정씨세보 참조)

131. 천성산인 박중산朴中山 선사 시

金剛眞地說難容　　超世丈夫格外筇
蘿月幾照千聖榻　　山人黙坐萬仞峰
白雲歸處僧穿杖　　綠水風聲鶴舞松
泡花一夢君休嘆　　三界豁然大警鐘

신금강 진리의 땅은 말로 형용키 어려운데
출세간 대장부의 격외선格外禪 지팡이였나?[180]
넝쿨에 걸린 달은 몇 번이나 천성의 자리 비추었을까?
산중 스님은 만 길 봉우리[萬仞峰]에 묵묵히 앉았네
흰 구름 돌아가는 곳에 스님은 지팡이를 만들었고
녹수綠水와 바람 소리 들으며 학은 소나무에서 춤을 추네.
(인생은) 거품 꽃이요 한 바탕 꿈이니 그대여, 탄식을 멈추게나.
삼계에서 활연히 크게 깨우쳤다는 종소리 울리더라.

千聖山人 朴中山
천성산인 박중산

180) 격외공格外筇 : 격식 밖의 지팡이는 곧 격외선格外禪을 뜻한다. ○부휴선사(浮休善修, 1543-1615) 시에 云, "撥草瞻風無別事 要明父母未生前 忽然踏着毘盧頂 觸目無非格外禪[풀을 헤치고 바람을 우러름 별다른 뜻이 아니라 반드시 부모가 낳기 전의 일을 밝히려는 것이라 만일 홀연히 비로毗盧의 정수리를 밟을 수 있다면 눈에 부딪치는 그 모두가 격외선格外禪 아닌 것 없으리.]"

132. 수동산인水東散人 월곡月谷 거사 시

嵯峨秀色畵難容　　幾度遊人住一筇
水恐濁流圍眞石　　山收靈淑束奇峯
道場違在僧閑院　　歲月遐深鶴老松
往蹟雖依千載遠　　至今猶聞舊時鍾

우뚝 솟아 빼어난 산색은 그림 그리기 어려운데
놀러온 사람들 몇 번이나 지팡이 하나로 머물렀을까?
맑은 물이 더러워질까 진리의 바위로 에워쌌으나
산은 신령한 기운 거두어 진기한 봉우리 가두었네.181)
도량은 세상과 등질수록 스님은 절에서 한가롭고
세월이 멀고 깊어지니 학은 노송老松에 내려앉네
지난 자취로 천년을 의지한 것도 멀겠지만
지금에 와서도 아직 옛날 종소리 들린다네.

水東散人 月谷
수동산인 월곡182)

---

181) 영숙靈淑 : 신령하고 맑은 기운.
182) 수동동水東洞 : 1896~1911년 사이 경산군 자인현의 다섯 마을의 하나. 곧 산대동山垈洞, 수동동水東洞, 남역동南域洞, 북역동北域洞, 두곡동頭谷洞 으로 행정 구역을 나눈 적이 있다. ㅇ월곡(月谷, -?) : 무주 덕유산 백련사 인월암印月庵에 살았던 월곡月谷 이창섭李昌燮스님이 인법당을 중수한 기록도 있는데 어느 분인지 확실하지 않다.

133. 창랑滄浪 김희덕金熙德 거사 시

芙蓉畵出此山容　　元曉禪師昔住笻
十里我聞鳴玉瀑　　四時誰對削金峰
臥聽窓外風生竹　　仰見蘆邊月掛松
咏罷於焉茶更進　　寒聲夜報閣中鍾

부용芙蓉으로 이 신금강 모습 그려냄이여
원효스님은 옛적에 지팡이로 머물렀네.
십리 멀리서도 나는 옥빛 폭포소리 들었는데
사시사철 누가 금강을 깎은 봉우리를 보았으랴!

183) 김희덕(金熙德, 1878-?) : 서예가 또 독립운동가. 호는 창랑滄浪 생몰년 미상. 황해도 수안군遂安郡 수안면遂安面 출신. 1919년 천도교인으로 농업에 종사하다가 수안면 만세시위를 주도하였다. 3월 3일 양석두梁石斗 · 오병선吳炳善 등과 함께 시위하며 독립만세를 외치다가 동지들과 함께 붙잡혔다. 1920년 11월 22일 경

누워서 창밖 대숲에 부는 바람 소리 들으며
갈대 숲 달빛에 걸린 소나무를 올려다 보네.
시를 읊고나서 어느덧 차 한 잔 다시 드리니
밤이 되었다고 종각에서 찬 종소리로 알려주네.

尙州 南邨 滄浪 金熙德
상주 남촌 창랑 김희덕[183]

성북심법원에서 보안법 위반 및 소요, 저택 침입죄로 징역 1년 3개월간 옥고를 치렀다. 정부는 2009년 건국훈장 애족장 추서. 큰 글씨를 잘 썼으며 서예가 소헌素軒 김만호(金萬湖, 1908-1992)의 스승이다.(독립기념관 한국독립운동사연구소 자료)

134. 금강산인 정금봉鄭錦鳳 선사 시

翠屏千層裡　蘭若絶塵笻
夕磬穿深樓　晚霞鎖遠峰
月明魚戯水　人靜鶴移松
更有蓮花趣　夢惺第一鍾

비취빛으로 천 층계를 둘러친 속에
조용한 암자에 번뇌 끊어진 지팡이로다.
저녁예불 하는 경쇠소리 깊은 누각에 들리는데
해 저무는 노을에 먼 산마저 감추었네!
달빛은 환한데 고기는 물 속에 놀고
인적 끊어지니 학은 소나무로 옮겨 앉네!
그래도 연화장蓮華藏 세계의 정취는 남았는지
꿈에서 깨어나 최고의 종소리 듣는구나.

甲戌 夏 解制日 金剛山人 鄭錦鳳
갑술(1934) 하 해제일 금강산인 정금봉[184]

184) 금봉스님(錦鳳, -1959) : 구한말 금강산 건봉사 스님. 경허선사의 제자로 해인사에 주석하다가 1959년 가을에 示寂. 문하에 연산緣山이 있다.

135. 중앙선원 오성월吳惺月 선사 시

不變山前舊時容　　少年幾時過此笻
無孔笛和流溪曲　　無根花發玆雲峰
華嚴筏邊千聖跡　　元曉岩上不老松
今叅晉山後當發　　雨留時聽夜半鍾

신금강 앞은 변함없이 예전 모습 그대론데
소년들은 몇 번이나 지팡이로 이곳 지났을까?
구멍 없는 피리[無孔笛]는 계곡 물소리와 어울리고
뿌리 없는 꽃[無根花]은 구름 봉우리에 피었구나
화엄벌華嚴筏 가에 남은 천 분 성인의 자취여[185)]
원효스님은 바위에 사는 늙지 않는 소나무 같아라.

---

185) 구멍 없는 피리[無孔笛]와 뿌리 없는 꽃[無根花]은 선사의 깨달음을 상징하는 시어詩語이다. ○ 화엄벌華嚴筏 : 내원사 뒷산인 천성산에 있는 너른 들판으로 원효스님이 중국에서 오는 천명 제자에게 화엄경을 설했던 곳이라 하여 붙여진 이름이다.

지금 진산식에 참예한 뒤 곧 떠나려 했지만

빗속에 미뭇거리다 한밤중 종소리 들었도다!

丙子 結夏中 京中央禪院 吳惺月

병자 결하중 경중앙선원 오성월[186)]

- 병자년(1936) 하안거 결재 중에 경성 중앙선원에서 오성월이 짓다.

186) 오성월(吳惺月, 1866~1943) : 범어사 고승. 경남 울산군 온산면 강양리 출생. 1885년 20세로 범어사로 출가. 1911년 11월 범어사 주지가 되다. 日帝의 寺刹令에 반대하는 臨濟宗運動을 범어사 주지로 主導하고, 또 범어사 3·1 운동과 上海臨政에 군자금을 제공하다.(불교지 제65호, 1942년 경허집간행발기인)

136. 봉래각노蓬萊却老 선사 시(1)

今日新容昔日容　　不咸宗脈落來笻
白水轉成眞性水　　蒼峯換作彌陀峰
格外禪傳千聖石　　金剛般若但盤松
小姓居士心此地　　兒孫解脫是非鍾

오늘의 신금강 얼굴은 예전 금강산 그대로요
종지와 법맥도 다하지 않아서 오는 이들 지팡이 내려놓네.
하얀 계곡물은 바뀌어 진여 본성의 물이 되었고
푸른 봉우리는 바꾸어 미타산彌陀山으로 만들었네.
격외선格外禪 도리는 천성산 바위에 전하였고
금강 반야의 지혜는 단지 소나무에 서려 있을 뿐.
소성小姓 거사가 이 도량에 마음을 두었으니
후대 아손兒孫들은 시비是非에서 해탈한 종소리 들으리라.

丙子 結夏 蓬萊却老
병자 결하 봉래각노[187]
- 병자년(1936) 하안거 결제 중에 봉래산 각노却老가 짓다

187) 봉래각노蓬萊却老 : 봉래산은 금강산의 뜻이요, '늙음을 물리친다'는 뜻이니, 금강산의 불노장생을 구하는 스님이란 뜻이라 생각된다.

137. 야은野隱 김재곤金在坤 거사 시

金剛亦繯聖山容　　天送元師駐錫笻
洞僻連環千疊石　　庵孤抱擁五奇峯
爭龍宛出廻流水　　駕鶴如飛攀立松
道屐何歸無處問　　半窓月白自鳴鐘

신금강도 역시 천성산에 비단 두른 모습인데
하늘은 원효스님 보내어 지팡이 머물게 하였네.
골짜기 한 쪽으로 천 층계의 돌을 연결하던
고적孤寂한 암자는 진기한 다섯 봉우리를 안고 있네.
싸우던 용이 쑥욱 나오더니 흐르는 물로 되돌아 와서
학을 타고 나는 듯이 서 있는 소나무를 끌어당기네.
도 닦던 신발 어디로 돌아가는지 물을 데가 없더니
반쯤 열린 창에 달은 밝은데 스스로 종을 울리네.

東萊邑 壽安洞 金在坤 野隱 詩
동래읍 수안동 김재곤 야은[188] 시

---

188) 김재곤(金在坤, 1886-?) : 경남 밀양 출생. 구한말 독립운동가. 호는 야은野隱. 본명은 김명규金明奎. 1919년 3·1운동이 일어나자, 4월 동래고보에서 독립 만세 시위를 전개하고, 1920년 만주를 오가며 만주무관학교 설립기금 조달하려다 일경에 붙잡혀 징역 7년형을 선고받고, 1927년에 창녕 유림지서儒林支署 갑비甲斐부장 살해사건에 연루되다. 정부는 1990년 건국훈장 애국장을 추서하다.(국가보훈처,《대한민국독립유공인물록》1997)

138. 해양생海養生 윤세병尹世炳 거사 시

芙蓉奇絶畵山容　　元曉當年住道笻
慧雨香花浮別磵　　法輪明月暎孤峯
床邊一鉢龍藏水　　石上千尋養鶴松
靈境原來避世俗　　觀音時送驚心鍾

부용처럼 진기한 절경으로 신금강을 그렸더니
원효스님 당시에 도의 지팡이로 머물렀네.
지혜의 비에 향그러운 꽃은 다른 개울로 떠가는데
법륜 같은 밝은 달은 외로운 봉우리를 비추네.
평상 옆에 발우 하나, 용은 물 속에 숨었고
바위 위엔 천 길 소나무가 학을 키우는 듯 하네.
영험한 도량에는 원래로 속됨을 피하겠지만
관음보살은 때맞춰 마음 경책하는 종소리 보내시네

東萊邑 壽安洞 海養生 尹世炳
동래읍 수안동 해양생 윤세병[189)]

189) 윤세병(尹世炳, ?-?) : 일제때 忠南 泰安 근흥공립보통학교 학무學務위원, 생몰년 미상. 학무위원 7명은 윤세병尹世炳, 윤철선尹哲善, 이종호李種浩, 송영근宋榮根, 한백교韓百敎, 김정윤金正潤, 한기수韓箕洙, 아마도 만년晩年에 부산 동래에 와서 산 것으로 보인다.(태안신문 2017년 5월 10일자)

139. 학중學中 김재곤金在坤 거사 시

金剛一瀑好開容　　內院行人幾住笻
噴玉翻銀聲作雨　　鳴筆仔皷語喧峰
庵深老佛千年塔　　岸對盤龍百尺松
此中別有高道偈　　看水看山又聽鍾

신금강의 폭포에서 즐겁게 얼굴 내밀더니
내원사에 수행하는 사람은 몇이나 지팡이 머물렀나?
옥을 뿜어내는 은빛 폭포는 거꾸로 빗소리 같고
붓을 쓰고 북 치더니 말소리도 산처럼 의젓하네.
깊은 암자에 노스님은 천년 탑이 되었고[190)]
언덕에 서린 용은 백척 소나무를 상대하는 듯.
이 가운데 특별히 도가 높은 게송 있는데
물을 보나 산을 보나 또다시 종소리로 들리네.

釜山市 大新町 壹○貳六番地 學中 金在坤
부산시 대신정 1026번지 학중 김재곤[191)]

190) 노불老佛 : (1) 노자와 석가를 아울러 이르는 말 (2) 오래 되어 낡은 불상 (3) 노승老僧을 높여 이르는 말.

191) 김재곤(金在坤, 1886-1965) : 독립운동가, 경북 성주군 성주면 대흥동 출생. 1919년 5월 24일 대구지방법원에서 보안법위반으로 징역 1년이 선고되다. 앞의 야은과 동명이인인지 확실하지 않다.

140. 두타산 여시자如是者 선사 시

新是本來舊是容　　伊間千聖擲神�

掛岑石塔天然東　　滿谷空臺道德峰

楓嶽山僧含盡水　　沒論朴子下青松

城中自有明心句　　落地雷鳴古佛鍾

신금강은 본래로 구금강에서 온 모습이리니
그 사이에 천 분 성인은 신비한 지팡이 던졌더라
산에 석탑을 걸어놓으니 천연으로 동쪽이 되었고
계곡 가득한 빈 누대는 도덕 높은 봉우리 되었네.
풍악산楓嶽山의 스님은 물을 잔뜩 머금고서
의논 없이 후박厚朴나무 씨를 푸른 소나무에 떨구었네.[192]

---

192) 후박厚朴나무 : 위장병이나 천식을 치료하는 한약재로 사용되는 식물. 그러나 정약용丁若鏞의 《아언각비雅言覺非》 등에 기록된 바에 따르면 조선 후기에 후박나무의 수피樹皮를 진짜 후박의 대체제로 쓰기 시작하면서 우리나라에서는 중국과는 전혀 다른 식물을 후박이라 부르게 되었다고 한다.

비야리성毘耶離城 에 자연히 마음 밝히는 선구禪句가 있듯이

땅에 떨어지는 우레 소리는 옛 부처의 종소리 같구나.

頭陀山人 如是者

두타산인[193] 여시자

193) 두타산頭陀山 : 강원도 동해시 삼화동과 삼척시 하장면, 미로면에 걸쳐 있는 산 이름(1,357m). 부처가 누워있는 형상이며 박달령朴達嶺을 사이에 두고 청옥산靑玉山과 마주하고, 남서쪽으로 들어가면 무릉武陵계곡이 나온다. 두타산은 예로부터 삼척 지방의 영적인 모산母山으로 숭상되었다.(한국민족문화대백과사전)

141. 남정南艇 김성영金聲永 선생 시

慈悲老釋帶歡容　　導我名區暫住笻
數谷溪聲經宿雨　　千年石骨削奇峰
幽軒不俗插新竹　　古洞生寒苑晩松
或恐世人迷失路　　隔林遙送白雲鍾

자비하고 나이든 스님 얼굴에 기쁨 가득하며
이름난 땅으로 나를 인도하니 잠시 지팡이 머물렀네.
여러 계곡 물소리에 간밤의 비는 흘러갔고
천년 지난 바위에서 기이한 봉우리 깎아내듯.
그윽한 집이 속되지 않은 건 새 대나무를 심은 때문
옛 동굴에서 한기 나오니 늙은 소나무 완연하네.
혹시 세상 사람들 미하여 길 잃을까 저어하여
숲을 격리하고 멀리서 흰 구름에 종소리 실어 보내네.

東萊郡 東萊邑 福泉洞 南艇先生 金聲永 韵
동래군 동래읍 복천동 남정선생 김성영 운

142. 남운南雲 차광수車光洙 선생 시

珠光寶相燦山容　　知是高禪住錫筇
淨洗俗塵來活水　　淙藏法界列重峰
生涯捿老雲間鶴　　志操同寒雪裡松
無奈凡踪離聖地　　耳邊届在數聲鍾

구슬 빛 보배 모양으로 신금강 모습 찬란한데
이런 경치 아는 높은 선사들 지팡이 머물렀네.
세속 번뇌 깨끗이 씻으니 활수活水가 흘러오고
물소리에 진리 세계 감추니 봉우리들 줄지어 섰네.
나이든 생애는 구름 사이에서 학처럼 깃들어 살더니
지조志操가 차갑기는 눈 맞은 소나무와 같네.
범부의 종적은 성사[元曉]가 떠난 땅에서도 어쩔 수 없이
귓가에 여러 가지 종소리 들리게 되었노라.

東萊郡 東萊邑 壽安洞 南雲先生 車光洙
동래군 동래읍 수안동 남운선생 차광수

143. 봉래산 각노却老 선사 시(2)

向得江南處古容　　金剛新色一層笻
飛流萬瀑眞心說　　默坐三岩活佛峰
老衲依門看老石　　青雲望鶴下青松
長風消息山窓着　　始覺舊庭脫世鍾

지난날 한강 이남에서 옛 모습으로 살았는데
신금강의 형색은 전체가 층층이 대지팡이 같네.
나는 듯 흘러가는 만폭동에서 진심眞心을 설하고
삼불암三佛岩에 묵묵히 앉으니 활불봉活佛峰이 되었네.
노스님이 문에 기대어 나이든 돌을 살펴보는 듯
푸른 구름은 학이 푸른 소나무에 앉음을 바라보네.
길게 부는 바람은 산창에 붙은 듯이 소식 전하고
옛 정원에서 탈속脫俗한 종소리 이제야 깨달았네.

却老 答
각노 답

만폭동 마하연터 근방의 묘길상 마애불

장안사 삼불암 (북한 보물급유적 309호)

144. 파구산破丘山 나마옹懶麽翁 선사 시 (1)

驢事不成滿月容　　馬衍消息主人節
百韻草結金剛曲　　禁口始眉褐塔峰
佛祖曉師千聖論　　華嚴坦野若飄松
四十九說七七法　　稱八衆生濟度鍾

나귀 일로 보름달 같은 얼굴은 이루지 못하여도[194]
말의 일 넘치는 소식은 주인공 찾던 지팡이로다.
백 가지 운율을 풀로 엮으니 금강의 곡조 되었고
다문 입과 첫 눈썹은 머리 벗은 탑봉우리[褐塔峰] 같아라.
불조佛祖와 원효스님은 천 분 성인[千聖]에게 강론하고
화엄경 설하던 벌판은 소나무에 부는 바람과 같네.

194) 여사驢事 : 나귀 일은 경허선사 오도悟道인연 화두인 驢事未去馬事到來란 공안이 생각난다. 제1, 2구句는 공안 참구의 소식으로 보는 것이 타당하다. ○여사미거마사도래驢事未去馬事到來 : 당대 장경혜릉長慶慧稜선사가 영운靈雲선사를 참예하고 있는데 어떤 스님이 묻되, “어떤 것이 불법의 큰 뜻입니까?” 스님이 답

사십 구년 동안 마흔 아홉 가지 법을 설하여
여덟 종류 중생에 맞추어 제도하는 종을 울리네.

屍林洞 破丘山人 懶麼翁
시림동 파구산인 나마옹

하되 "당나귀의 일도 아직 안 끝났는데 말의 일이 왔다네."라 하다. 鏡虛가 젊은 講伯 시절, 옛 은사를 만나기 위해 천안을 지나다가 비바람을 피해 한 민가를 찾았다. 그러자 그 집주인이 死色인 얼굴로 "지금 이 마을엔 괴질怪疾로 시신이 넘쳐나니 죽고 싶지 않으면 어서 달아나시오!"라고 했다. 그 말을 들은 경허는 급히 도망치다가 순간 불교 지식이 생사의 위기 앞에서 소용없음을 깨닫고 길을 돌려 동학사로 가서 학인을 해산하고 8년간 참선에 몰두하던 화두이다.

145. 파구산破丘山[195] 나마옹懶麼翁 선사 시(2)

頃宿毶毶不老容　　應知天竺化來節
風前草上舞眞佛　　雨後灘頭爭玉峯
萬朶藤成安宅屈　　數雙鶴上蓬萊松
所振咄咄難時事　　也是漢南白樂鍾

지난날 늘어지게 잠자고서 늙지 않는 얼굴 되었더니
응당 천축에서 오신 화신化身 여래인 줄 알겠네.
바람 앞 풀 자리 위에 진짜 부처가 덩실덩실
비온 뒤 여울 끝에는 옥 봉우리 다투듯 시끄럽네.
만 줄기 등넝쿨은 편한 집을 등 구부리게 하였고
수 많은 쌍학雙鶴은 봉래산 소나무에 날아오르네.
쯧쯧쯧 혀를 차던 어렵던 시절 일들이여!
또 한강 이남에서 대낮에도 즐거이 종을 친다네.

又 (懶麼翁)
우 나마옹

195) 시림동 파구산屍林洞 破丘山 : 어느 곳을 말하는지 분명하지 않지만, 아마도 시체 더미 있는 숲의 구릉 같은 산에서 죽음을 직면하면서 정진하는 선사를 뜻하는 말로 보인다. ㅇ나마懶麼는 나-마(nāma_정신)를 뜻한다. 여기에 옹翁을 붙여서 '마음 바쳐 수행하는 늙은이' 라는 뜻으로 생각된다.(역자주)

146. 해산海山 엄주영嚴柱英 거사 시

金剛山外剛山容　　內築仙庵住釋笻
百轉千回通細路　　三奇七怪削群峯
空花佛說明心柱　　敲葉風笙落間松
勝界新図難畵得　　諸天催漏報晨鍾

금강산 밖에 있는 신금강 모습이여
그 안에 금선암金仙庵을 지어서 스님들[釋子] 머무르네.
백 번 구르고 천 번 돌아서 오솔길로 통하더니
세 가지 진기하고 일곱 가지 괴상하게 뭇 봉우리 장엄하네.[196]
허공 꽃 같은 부처님 설법은 마음 밝히는 기둥인데
잎을 스치는 바람 불어와 소나무 사이로 떨어지네.
수승한 경계를 새로 그리려 해도 그리기 어려운데
모든 천신이 누설하라 재촉하자 새벽 종소리로 알려주네.

大邱府 嚴柱英 海山
대구부 엄주영 해산

---

196) 삼기칠괴三奇七怪 : 신라대의 세 가지 진기한 보물과 일곱 가지 괴상한 풍경을 뜻하는 말이다. ○삼기三奇는 신라대의 세 가지 보물 곧 (1) 금척(金尺, 박혁거세의 자), (2) 옥적(玉笛, 신문왕의 피리 萬波息笛), (3) 화주(火珠, 선덕여왕의 돋보기). ○동도칠괴東都七怪는 (1) 동도의 옥피리[東都玉笛, 萬波息笛]는 문경새재를 넘으면 소리가 나지 않고 (2) 안압지의 부평초[雁鴨浮萍]는 연못의 수위를 따라 오르내리며

신문왕의 만파식적(萬波息笛)

박혁거세의 금척(金尺)

항상 가라앉지 않고 (3) 백율사 송순[栢栗松筍]은 가지를 잘라도 움이 다시 트고 (4) 매월당의 북향화[梅月北向花]는 해를 등지고 피며 (5) 기림사의 감천[祇林甘泉] (6) 기림사 오색 작약[祇林芍藥]은 역시 옮겨 심으면 제 빛깔이 나지 않고 (7) 불국사의 무영탑[佛國影池]은 못에 그림자가 비치지 않는다는 등이다. 그러므로 진기하고 특별한 풍경을 상징하는 시어詩語이다.

안압부평(雁鴨浮萍) 안압지(지금의 月池)의 부평초는 연못의 수위를 따라 오르내리지만 가라앉지 않는다.

백률송순(栢栗松筍) 백률사의 소나무는 가지를 쳐도 거기서 다시 새순을 틔운다.

147. 정각광鄭却光 거사 시

臘嶺萬岑白玉容　　泳湖飛上脫塵�

鳴泉凄雪魯山跡　　深穴寶臺元曉峰

落花岩下長流水　　善竹橋过却世松

千聖洞天無餘事　　丹家忽烽養神鍾

선달에 산마다 고개마루 눈 덮힌 백옥 모습이여

호수에 노닐던 새가 날아드니 세속 번뇌 벗어났네.

샘물 소리와 쓸쓸한 눈은 노산군魯山君의 자취인 듯,

깊은 동굴 보배 누대[寶臺]는 원효봉元曉峰이라 부르네.

꽃잎 떨어지는 바위[落花岩] 아래 강물 길게 흐르는데

선죽교善竹橋 옆에는 (포은圃隱이) 세상 버린 소나무 같네.[197]

천성산의 동천洞天에 다른 일은 없는데[198]

단가丹家에서 올린 봉화는 정신 수양하는 종소리 같다네.

右 鄭却光
우 정각광

197) 노산魯山과 선죽교善竹橋는 단종端宗과 정몽주를 떠올리게 하는 어구이다. ○선죽교는 북한 개성시 선죽동 자남산 동쪽에 있으며 919년 고려 태조가 축조하다. 특히 고려말 포은圃隱 정몽주(鄭夢周, 1337~1392)가 이방원이 보낸 조영규(趙英珪, ?~1395) 등에 의해 철퇴를 맞고 숨진 이후 유명해진 곳이다.

198) 동천洞天 : (1) 하늘에 잇닿음 (2) 신선神仙이 사는 곳을 말함. ○단가丹家 : 단전호흡丹田呼吸으로 심신수련하는 분들을 지칭하는 말이다.

선죽교(善竹橋) 옛 이름은 선지교이다. 919년 고려 태조가 하천정비의 일환으로 축조한 것인데, 고려말 정몽주(鄭夢周, 1337-1392)가 철퇴를 맞아 숨진 사건 이후에 유명해졌다. 1780년(정조 4) 정몽주의 후손이 주위에 돌난간을 설치하고 별교를 세워 보호했다. 선죽교의 석재 중에는 부근 묘각사에서 나온 다라니당 일부가 끼어 있다. 다리 동쪽에는 선죽교라 씌어진 비가 있고, 다리 서쪽에는 1740년 영조의 어필인 포충비와 1872년 고종의 어필로 된 표충비(表忠碑)가 있다.

원적산 봉수대 모습(양산시 기념물)

148. 우창宇蒼 임시규林時圭 거사 시

眼前景色極奇容　　無數善知住道節
洞壑深秀遙世態　　雲霧長在掩群峯
大雄殿裡千年佛　　圓寂山頭萬丈松
客子探眞臨戶外　　風便鳴送警心鍾

눈 앞 경치는 진기한 모습을 다하였고
수없는 분들 도道 지팡이로 머무는 일 잘 알았네.
동천 골짜기는 빼어나서 세상 모습 멀리하고
구름 안개 길게 뻗으니 여러 봉우리 가리웠네.
대웅전 안에는 천년 지난 부처님 계시고
원적산圓寂山 꼭대기엔 만 길 소나무 서 있다네.[199]

199) 원적산圓寂山 : 내원사 뒷산 천성산千聖山을 본래 원적산이라 불렀다. 여기서는 신금강新金剛 소금강小金剛이라 지칭한다. ㅇ만장송萬丈松 : 곤륜산에 산다는 만 길 되는 소나무이니, 만장송은 곧 송년학수松年鶴壽처럼 장수하는 사물을 말한다.

나그네들 진리 찾으러 문밖까지 찾아왔는데

바람은 문득 울더니 마음 경계하는 종소리 보내있네.

釜山市 大新町 宇蒼 林時圭
부산시 대신정 우창 임시규[200]

200) 임시규(林時圭, -?) : 부산 대신동과 수안동에 살던 거사. 1950년에 서울시 龍山區 龍門洞에서 후창의원厚蒼醫院을 경영하기도 하다. 호는 우창宇蒼. 1952년에는 경봉스님이 密陽 舞鳳寺에 계실 때, 임거사가 황국단풍黃菊丹楓을 보며 읊은 시도 있다.(불교기록문화유산 아카이브 자료, 삼소굴일지)

149. 신당新堂 정성대鄭聲大 거사 시

新號金剛舊日容　　騷人玩客住多節
千年石佛思塵世　　萬丈高山列衆峰
活活清流溪白水　　長長不老壑青松
天生造化元師道　　警動古今大德鍾

신금강이라 이름해도 옛날 모습 그대로인데
떠들며 구경하던 나그네들 지팡이 여러 번 머무르네.
천년 지난 석불石佛은 티끌 세상을 기억하고
만 길 높은 산은 여러 봉우리 줄지어 섰네.
콸콸 살아서 흘러가는 계곡의 해맑은 물과
길고 긴 세월 골짜기의 청송青松도 늙지 않았네.
하늘님 조화로 생겨난 원효스님의 도道는
고금의 대덕을 흔들어 깨우는 종소리로다.

上北面 大石里 新堂 鄭聲大
상북면 대석리 신당 정성대

150. 근우槿宇 신철균申哲均 시

嵯峨不變舊時容　　錫卓何年住法筇
錦帳雲屛多絶壁　　金枝玉節摠奇峯
日暮行人尋古寺　　山空孤鶴仍寒松
第二金剛知在此　　如聞八萬九庵鍾

우뚝 솟아 변치 않는 예전 금강산 모습이여!
석장錫杖을 찍더니 어느 해에 법으로 머무를까?
비단 휘장과 구름 병풍은 절벽에 널려 있고
금지金枝와 옥엽玉葉으로 봉우리를 다 장식하였네.
해질녘 길 가던 사람 오래된 절로 찾아드니
산은 텅 비고 학이 외로움은 찬 소나무 때문이네.
두 번째 금강산이 바로 이곳인 줄 알았더니
듣던 대로 팔만 아홉 암자의 종소리 들려오네.[201]

更心尙州 槿宇 申哲均
갱심상주 근우 신철균[202]

201) 팔만구암八萬九庵 : 예로부터 강원도 금강산金剛山에는 1만 2천 봉우리와 8만 9개 암자가 있다고 전한다.

202) 신철균(申哲均, ?) : 해인사 퇴설당에서 정진하던 수좌. 법명은 일우一牛. 경봉스님께 1941년에 부친 편지가 있다.(불교문화유산아카이브 자료) ㅇ신철균(申哲均, ?-?) : 동명이인으로 친일인사명단 중 문관급 이상 관료이름에 신철균이 있다. 그러나 생몰년과 행적 미상.

151. 수산壽山 지정오池正午 거사 시

萬像金剛未盡容　　看看又步謾揮笻
神區內院惟平地　　聖立千山卽一峰
雪水從溪深穿石　　網蘿絶望倒懸松
主禪謂我瓊琚者　　五夜留聽法界鍾

만 가지 형상 가진 금강산 다 형용할 수 없어
보고 보고 또 걸으며 부질없이 지팡이 휘두르네.
신비한 도량 내원사는 오직 평지뿐인데
성인이 세운 천 개 산이 한 봉우리로 보이네.
눈 녹은 물 계곡 따라 돌을 깊게 뚫었는데
넝쿨 우거져 안 보이는 곳에 소나무 거꾸로 걸려있네.
주지 선사[主禪]는 나를 '보석 같은 이'라 부르면서
한밤중에 머물다가 법계의 종소리 들으라 하네.

東萊郡 八松亭 壽山 池正午
동래군 팔송정 수산 지정오

152. 박금담朴金曇 벽안碧眼 선사 시

此山此水最從容　　道衲承承住錫笻
千聖遺風疑絶響　　一輪明月上高峰
紫牛元不貪麦票　　瘦鳶何嫌捿碧松
我到金剛三月已　　幾番夢罷報時鍾

이 신금강의 산과 물이 제일로 조용함이여!
도 닦는 스님들 잇고 이어서 지팡이 머무르네.
천 분 성인 남긴 가풍이 끊어졌나 의심했는데
한 바퀴 밝은 달은 높은 봉우리로 떠오르네!
자금우紫金牛[203]는 탐심으로 담 넘어 가지 뻗지 않는데
바짝 마른 솔개[瘦鳶][204]가 어찌 벽송碧松에 살기를 싫어하리요?

203) 자금우紫金牛 : 자금우과에 속하는 상록 관목. 꽃은 6월에 피고 양성이며 흰색 또는 연한 홍색이고 잎겨드랑이에서 밑을 향하여 핀다.
204) 바짝 마른 솔개[瘦鳶] : 세상을 떠나 수행하느라 몸이 여윈 수좌를 상징하는 시어詩語이다.

내가 금강산 다녀온지 석 달이 지난 뒤에

몇 번이나 꿈 깨라고 종소리로 알렸던가?

慶州郡 內南 鳧池里 朴金曇
경주군 내남 오지리 박금담[205]

---

205) 벽안법인(碧眼法印, 1901-1988) : 근대 통도사스님, 법명은 法印 처음 법명은 金曇 성은 朴씨 경북 월성 출신. 내남면 면장 지내다가 1937년 통도사 경봉선사에게 출가하여 내원사 선원에서 3년간 정진 끝에 깨달음을 얻고 법을 이었다. 1959년 통도사 주지를 거쳐 조계종 淨化佛事 때 종회의장에 被選되고 동국학원 이사장, 조계종 원로로 추대되다.

153. 월하희중月下喜重 선사 시

山以金剛不變容　　幾人到此久住笻
孫崔餘痕留寂窟　　曉師奇跡在華峰
鹿每淸晨鳴石澗　　鶴因明月坐高松
西天何日來眞佛　　惟有寒聲閣上鍾

산은 금강석金剛石으로 되어 변하지 않는 모습이여
몇 사람이나 여기 와서 오래 지팡이 머물렀을까!
손석담石潭 최구고九皐 두 분 흔적 고요한 산굴에 남았고[206]
원효스님 진기한 자취도 화엄벌 봉우리에 남아있네.

---

206) 손최여흔孫崔餘痕 : 석담石潭대사 구고九皐스님의 남긴 흔적을 말한다. ㅇ석담유성(石潭有性, 1858-?) : 통도사 고승. 성은 孫씨 五聲선사의 제자, 僧統을 역임하고 한암중원漢巖重遠의 法師다. ㅇ구고중학(九皐中鶴, ?-?) : 생몰년 미상. 성은 최崔씨, 화봉華峰선사의 제자. 혜월승민慧月勝旻의 법손. 위의가 엄정하고 1905년 戊午甲稧碑를 세울 당시에 총섭總攝이었다.

사슴은 항상 새벽마다 석간수石間水 마시며 울더니

밝은 달 뜨자 학은 키 큰 소나무에 내려앉네.

서역에서 어느 날에나 진불眞佛이 오시려나!

오직 차가운 새벽 누각에서 종소리만 들리네!

月下喜重

월하희중[207]

---

207) 월하희중(月下喜重, 1915-2003) : 조계종 제9대 종정, 총무원장을 지낸 통도사 선지식. 충남 부여 출생, 1940년 구하스님九河天輔의 법맥을 잇다. 선사는 1984년 영축총림을 개설하고 諸方衲子를 提接하다가 2003년 12월 4일 "一物脫根塵 頭頭顯法身 莫論去與住 處處盡吾家"라는 임종게를 남기고 입적하다.

208) 운담혜종(雲潭慧宗, -?) : 대홍사 스님. 표충설립유공록表忠設立有功錄에 1909년(己酉年) 5월에 세운 명부에 시주자로 운담혜종雲潭慧宗이 나온다. 생몰년 미상(불교기록문화유산 아카이브 자료) ○화자和子 : 신분이 높은 사람의 아들을 높여

154. 일선화자一禪和子 혜종慧宗 선사 시

元師一去更無容　　不知幾年住此笻
石間流水多飛龍　　碧天奇聳金剛峰
寂寂山谷水聲滿　　擡頭滿目青青松
玄風承承終無窮　　紅袈裟僧打梵鍾

원효조사 한 번 가시고는 다시 얼굴 못 뵈었는데
알지 못커라, 몇 년을 이 지팡이로 머물렀을까?
바위 사이로 흐르는 물에 날으는 용 여럿이고
푸른 하늘에 우뚝 솟은 건 신금강 봉우리라네
고요하고 고요한 산골짜기엔 물소리만 가득한데
머리 들어 눈에 가득한 건 푸르고 푸른 소나무뿐.
현묘한 가풍 잇고 이어 마침내 다함 없더니
붉은 가사[紅袈裟] 입은 스님은 범종梵鐘을 치는구나!

一禪和子 慧宗
일선화자[208] 혜종

부르는 말. 그러므로 일선화자一禪和子는 일선一禪의 門人이란 뜻. ㅇ정관일선(靜觀一禪, 1533~1608) : 서산휴정의 제자. 15세에 출가 묘향산에 개당하였고, 만년에는 속리산에 주석하였고, 덕유산 백련사에서 戊申년 가을 가벼운 병세를 보이다 어느 날 대중을 모아놓고 '어젯밤 꿈에 명월이 나의 옷자락에 떠오르더라' 이어 차 한잔을 청한 후 목욕하고 앉아서 입적하였고, 덕유산과 속리산에 그의 부도가 있다.

155. 금강산인 범하梵河 선사 시

金剛自古奇妙容　　元曉聖師揚法節
谷水潺潺歸一海　　烟雲片片掛千峯
猿抱子來洞流麓　　鶴呼友去石澗松
莫謂衆生未悟道　　十方世界鳴大鐘

신금강은 예로부터 진기하고 묘한 모습이라서
원효성사가 주장자로 법을 드날렸네.
계곡 물은 잔잔하게 너른 바다로 흘러가고
안개와 구름은 조각조각 천 봉우리에 걸려 있네.
원숭이는 새끼 안고 산기슭을 훤하게 뛰어가고
학은 벗을 불러 바위 옆 소나무로 날아가네.
중생들 도道 깨닫지 못한다 말하지 마시게
시방 세계 어디서나 종소리 크게 울린다네.

金剛山人 梵河
금강산인 범하[209)]

---

209) 범하도홍(梵河道弘, -?) : 용성스님 비문에 보면 선좌禪佐로 나온다. 禪佐는 鏡峰 靖錫 梵河道弘 田岡永信 세 분, 그러나 생몰년과 행적은 미상. 아마도 금강산 마하연선원摩訶衍禪院에서 수행한 선사일 것으로 추정.

210) 운유승雲遊僧 : 구름처럼 다니며 수행하는 선승을 가리키는 말. 행각승行脚僧과

156. 통도사 축산구하鷲山九河 선사 시(2)

千相萬態摠持容　　行脚雲遊衲住笻
曉聖當年花雨宮　　逞痕今日月盈峰
天然石壁藏金玉　　磅礴山川飽竹松
去去來來多法侶　　講禪樓上永鳴鍾

천만 가지 형상들 모든 걸 다 가진 모습이여
구름처럼 수행하는 선승들이 지팡이로 머물렀네.[210]
원효성사 당시에는 꽃비 내리던 보궁이었는데
성사의 왕성한 흔적 오늘에도 달빛처럼 봉우리에 넘치네.
천연스런 석벽에는 금과 옥을 박아 장식하고
벽돌 떨어지던 산천에는 소나무, 대나무로 넉넉하네.[211]
가고 오며 오며 가는 법려法侶들 많았는데
선禪을 강의하던 누각에 종소리 길게 울리노라.

鷲山九河 稀六 冬安居中 幸朽畵中卽得大案 補缺而又唫
축산구하[212] 희육 동안거중 행후화중즉득대안 보결이우금
- 축산당 구하선사가 76세 시(1948) 동안거 중에 오래 묵은 그림 속에 다행히 책상에서 시를 얻어 빠진 것을 채우고는 함구緘口하였다.

비슷한 말이다.
211) 방전磅礴 : 웅대하기가 벽돌이 떨어지는 소리 같다는 뜻.
212) 축산鷲山 : 구하스님(九河天輔, 1872-1965)의 自號.

157. 한국독립당원 김임수金任守 거사 시

山高百匝勢從容　　多少遊人住此笻
深院老僧看陀佛　　叢林啼鳥度層峰
紛忙世事臨流水　　刦界光陰問子松
重到吾行眞有感　　攝衣閒聽五度鍾

산은 높아 백 바퀴를 돌던 기세도 조용하고
얼마간 노닐던 사람 이런 지팡이로 머물렀네.
깊은 절 노스님은 아미타불을 화두로 들고
숲속에 울던 새는 층층 봉우리로 날아가네.
바쁘던 세상 일 하다가 흐르는 물가에 이르러서
겁의 세상 광음光陰을 어린 소나무에 물어보네.
다시 찾아온 우리 행보에 참으로 느낀 게 많은데
옷 여미고 예불하는 다섯 망치 종소리 한가히 들었노라.

韓國獨立黨員 金任守
한국독립당원 김임수[213)]

---

213) 김임수(金任守, ?-?) : 경상북도 경주 출신. 근대 소설가이자 시인인 김동리(金東里, 1913~1995 본명 김시종)의 부父. 생몰년 미상.

214) 파적破寂 : (1) 고요를 깨다. (2) 심심함을 잊기 위해 시간을 보낼 어떤 일, 그런 일을 함.

158. 단산산인丹山散人 김상우金相宇 거사 시

重出金剛削玉容　　東南韻士駐詩笻
淸凉一氣生孤寺　　磅礴全形華衆峰
雲壑噴來千尺瀑　　石崖幷立百尋松
起幽破寂云誰在　　�暎朝朝放梵鍾

거듭 내보인 신금강은 옥을 깎은 모습인데
동남쪽에 운자韻字 돌린 선비들 시詩 짓던 지팡이 멈추었네.
시원하고 한결같은 기운이 외로운 암자에서 피어나더니
전돌 덩어리[磅礴] 온전한 형상이 뭇 봉우리에 빛나네.
구름 낀 골짜기에는 천 척 폭포가 떨어지고
바위 끝 벼랑에는 백 길 소나무가 나란히 서 있네.
어두운 데서 고요를 깨고는 누가 있나요 물으니[214]
햇빛 비치고 비치면 아침마다 범종소리 울리리라.

丹山散人 金相宇
단산산인 김상우[215]

215) 김상우(金相宇, 1888-1962) : 울주군 웅촌면 검단리檢丹里 출신 유학자, 본관은 고령. 심재深齋 조긍섭(曺兢燮, 1873~1933)의 문인. 호는 단산丹山. 유학자 김양호金養浩, 1857~1898)의 아들이다. 한시에 능하고 당대 석학碩學으로 칭송받던 그의 시판詩板이 언양 작천정에 현존하고 반석에는 그가 지은《작천정중수기酌川亭重修記》가 남아있다.

159. 지은芝隱 송장환宋璋煥 거사 시

新出金剛脫俗容　　騷人玩客幾停筇
飛流如掛三千尺　　突兀丁寧萬二峰
大衆精神難忘佛　　元師遺績立喬松
伊今雖苦長霖滯　　不遠晴霄報晨鍾

새로 나온 신금강은 탈속脫俗한 모습인데
시끄런 구경꾼들 몇이나 지팡이를 머물렀나?
날으는 물줄기는 3천 척이나 걸린 것 같고
꼿꼿이 서서 1만 2천 봉에 친절하게 소식 전하네.[216]
대중들의 정신은 부처님 은혜 잊지 못하는데
원효조사 남긴 공적은 큰 소나무처럼 우뚝하네.[217]
저는 지금 괴롭고 긴 장마에 비록 막히긴 했지만
머지않아 하늘 개이면 (깨달음의) 새벽 종으로 알려주리라.

芝隱 宋璋煥
지은 송장환[218]

216) 정녕丁寧 : 거짓 없이 진실하게 되풀이 하여 알림.
217) 유적遺績 : 남긴 공적 ㅇ교송喬松 : 높이 솟은 소나무.
218) 송장환(宋章煥, -?) : 독립운동가. 송병문宋炳文의 차남. 부친이 설립한 상의학교尙義學校 교사이며 실질적인 경영자. 이상현, 김길상 등과 교류하며 독립운동가들을 돕는다. 후에 연해주로 건너가 독립운동에 투신한다. 생몰년 미상.

160. 성암性庵 윤석구尹錫九 선사 시

奇歟壯哉古座容　　多年接破踏來笻
丹霞深處金剛窟　　宿霧闢時玉晶峰
客談方說長生葯　　鶴夢漸高不老松
先人已去心惟在　　愧我晚惺報信鍾

진기하고 장하여라, 옛날 자리에 앉은 모습이여
오랜 인연 물리치고 지팡이 짚고 왔노라.
붉은 노을 깊은 곳은 신금강 토굴인데
저녁 안개 걷히고 나니 옥정봉玉晶峰이 나타났네.
술[客談]을 일러 장생약長生葯이라 말하더니[219]
학의 꿈은 점점 높아져 불로송不老松이 되었네.

219) 객담客談 : 국수가 적으니 스님 웃음이 적고 술이 넉넉하니 객담이 많더라(僧笑小時僧笑小 客談多時客談多) 여기서 승소는 국수를, 객담은 곧 술을 말한다.
220) 성암석구(性庵錫九 1890~1950) : 법명은 錫九 호는 性庵, 강원도 삼척 소달면 출생. 금강산 장안사 현의룡玄懿龍 스님의 제자. 총무원장을 지낸 통도사 원로 성수性壽스님의 은사. 11세에 사서삼경을 익히고 20세에 무심도인 水月스님이 북방

선대 어른은 이미 갔어도 마음만은 그대로이니

소식 알리는 종소리를 늦게 안 내가 부끄럽도다.

性庵 尹錫九

성암 윤석구[220)]

에 머문다는 소문을 듣고 금강산으로 가서 3년간 묵언 정진하다. 1929년 망월사에서 정진하고, 1947년 내원사에 머물며 전답 수만 평을 개척하다. 1950년 통도사 甘露堂으로 옮겨와 정월에 자리에 누운 지 3일째 되는 날 상좌 성수의 손을 잡고 圓寂하다.

161. 동화東化 이영호李齡鎬 거사 시

靑山疊疊白雲容	元曉當年住法笻
佇立淸風風滿袖	高攀明月月盈峰
巨靈藏秘環眞境	志士偸閒臥碧松
四海腥塵渠獨脫	泰然能覺報晨鐘

청산은 첩첩하고 백운을 닮은 신금강 모습이여
원효조사가 당시에 법 주장자로 머물렀네.
잠시 청풍 앞에 섰더니 바람은 옷소매에 가득하고
밝은 달을 높이 끌어오니 달빛은 봉우리에 넘치네
거대한 영산靈山에 비밀 감추듯 진여 경계를 둘렀고
뜻 세운 선비는 틈 내어 푸른 소나무에 누웠네.
사해는 누린내 나는 세상인데 그대 홀로 해탈하여
새벽 알리는 종소리에 태연하게 잘 깨달았도다.

東化 李齡鎬
동화 이령호[221]

---

221) 이령호(李齡鎬, 1893-1964) : 일제 강점기 독립 운동가. 호는 석전石田, 자는 강문康雯. 본관은 진성眞城이고, 본적은 경북 안동安東. 부친은 유학자儒學者 이중인李中寅이다. 1990년에는 건국훈장 애족장, 1993년에 대통령 표창이 추서追敍되다. 슬하에 아들 이가원李家源, 이국원李國源, 이지원李之源을 두었다.

162. 손성택孫性澤 선사 시

出門常對四山容　　點得名區不借笻
常今變態雲生榻　　太古閒情月滿峰
一源流水三分石　　滿樹叢林八九松
此中滋味誰先覺　　月爲禪人漫打鐘

문을 나서면 사방이 산인 모습 늘상 만날텐데
이름난 도량 점 찍어도 지팡이 빌리지 않았네
지금도 항상 변하여 구름은 걸상에서 피어나고
태고적부터 생각이 한가하니 달빛은 봉우리를 비추네.
같은 근원에서 흐르는 계곡물은 세 갈래로 나누고
나무로 가득한 총림에 여덟 아홉은 소나무로다.
이 가운데 자미滋味를 누가 먼저 알았을까?
달빛은 선사禪師가 되어 부질없이 종을 치는구나.

几 孫性澤
궤 손성택[222]

---

222) 손성택(孫性澤, -?) : 통도사 스님, 해담율사의 제자. 호는 겸곡謙谷. 통도사 이름바위에 등장한다. 이름바위는 통도사 입구 계곡에 이름이 새겨진 바위를 말한다. 조선 경종 3년(1723) 이곳에 왔던 암행어사 류수柳綏가 청류동淸流洞이란 글자를 새기고 그 아래에 자신의 이름을 함께 새김으로써 청류동천淸流洞天이라 부르게 되었다.

163. 연민淵民 이가원李家源 거사 시

天女天花若爲容　　元師雲月想甁笻
千皆修鍊眞成聖　　一不塵凡碧揷峰
爭無鳴澗專籠寺　　自在罡風冷逼松
宿宿禪林知有分　　誰敎豪雨抵晨鍾

천녀와 하늘 꽃은 신금강 모습과 같은데
원효조사는 구름 낀 달빛에 물병과 지팡이 상상하네.
천 분 모두 수련해서 진실로 성인이 되어선지
한 티끌도 범상치 않게 푸른 봉우리를 꽂은 듯.
다투지 않고 울던 시냇물은 오로지 산사를 귀멀게 하고
마음대로 부는 북극 바람[罡風]은 차갑게 소나무를 괴롭히네.[223)]
선림禪林에서 살고 살며는 깨달을 수 있는 줄 알았는데
누가 큰 비 내리게 하여 새벽 종소리 막았을까?

淵民 李家源
연민 이가원[224)]

---

223) 강풍罡風 : 북두성 바람. 북극 바람.

224) 이가원(李家源, 1917-) : 퇴계退溪 가문의 학문과 사상을 이어온 한문학자. 안동 출생 자는 철연嚞淵, 호는 연민淵民 입옹笠翁. 경상대 국어교육학과 졸업, 성균관대 한문학 박사 남명학연구소장 역임. 연암 박지원의 한문소설을 연구한《연암소설연구燕巖小說硏究》로 1966년 성균관대학교에서 문학박사 학위를 받다. 저서에《한국한문학사》,《조선문학사》등 80여 종이 있다.

164. 향림香林 이항녕李恒寧 거사 시

遍歷多年求勝容　　此山今日足留笻
聲聲無礙百潭水　　默默有情千聖峰
林鳥倦飛休白石　　洞雲忘去睡蒼松
風塵天下何時靜　　圓寂仙宮悲願鍾

오랜 세월 다니면서 훌륭한 모습 구하다가
이 신금강에 오늘 만족하여 지팡이 머물렀네.
소리소리 백담百潭의 물은 거리낌 없이 흐르고
묵연히 말 없는 중생들 천성산 봉우리가 되었네.
숲속 새들도 날기 힘들어 흰 바위에 쉬는데
동천 구름도 길을 잃고 푸른 소나무에 잠들었네.
풍진 번뇌로 얽힌 세상은 언제나 고요해질까?
원적산 대웅전에서 대비 원력의 종소리 들려오네.

香林居士 李恒寧
향림거사 이항녕[225)]

225) 이항녕(李恒寧, 1915-2008) : 법학자이자 문학가. 호는 소고小皐. 香林居士 충남 아산牙山 출생. 1940년 경성제국대학 법문학부 졸업, 1945~49년 청룡초등학교 · 양산중학교 교장, 1949-1954년 동아대 고려대 교수 역임, 1960년 문교부 차관,

165. 울산귀객蔚山歸客 이광락李光洛 거사 시

無雙此界常從容　　追憶先賢暫停筇
彩霞時起金剛頟　　靈氣長生藁鼓峰
祖龍聳出虛空骨　　丹鶴高捿不老松
蒼茫往跡無人問　　靜裏暗聽劫外鐘

견줄 데 없는 신금강 절경은 언제나 조용한데
선현先賢들이 잠시 지팡이 머물던 곳 추억해 보네.
저녁 노을은 때때로 신금강 꼭대기에서 일어나고
신령한 기운은 짚북재 봉우리에서 늘상 솟아나네.
원효조사는 용이 되어 허공의 골수에서 솟아나오고
붉은 머리 학[丹鶴]은 불노송不老松에 살고 있네.

홍익대학교 총장 역임, 저서 :〈법철학개론〉〈민법학개론〉, 소설〈교육가족〉〈청산곡〉 등.《삼소굴일지》에 향림거사 立春詩가 보인다.

아득히 지난 행적 물을 사람 하나도 없는데

고요한 속에 겁 밖의 종소리 가만히 들리도다.[226]

蔚山歸客 李光洛

울산귀객 이광락[227]

226) 겁외종劫外鐘은 겁외가劫外歌를 상징하는 시어이다. 경허선사의 겁외가시에 "世與青山何者是 春光無處不開花 傍人若問惺牛事 石女心中劫外歌[청산과 세간 무엇이 옳은가 봄빛이 비치니 꽃 피지 않는 곳이 없구나 누가 나에게 성우의 일을 묻는다면 돌계집 마음 속에 겁 밖의 노래라 하리라."(경허집)

227) 이광락(李光洛, -?) : 울산 출생, 본관은 학성鶴成 이씨, 1950년 한국전쟁 때에 결성하고 1953년에 해체한 재일학도의용군 642명 명단에 나온다. 생몰년은 미상. 부인은 신복교(辛福教, 1901-1986)이다.

166. 공계산인空界散人 홍희균洪羲鈞 거사 시

坐看造物主人容　　一步不移不用笻
細瀑流從尾閭海　　層巒高出須彌峰
巨靈臥壑龍吟澤　　丹藥伏爐鶴在松
爲報金剛長寂寞　　有僧來打月边鐘

좌선하다 만물을 만든 주인[造物主] 얼굴 보았더니
한 걸음도 옮기지 않고 지팡이도 쓴 적이 없다네.
가느다란 폭포는 미려학尾閭壑 바다에서 흘러나오고[228]
층층인 산은 수메르 봉우리보다 높이 솟은듯.
커다란 산신령 누운 골짜기에 용은 연못에서 끙끙대고[229]
신선의 단약丹藥은 화로에 숨기고 학은 소나무에 살았네
신금강의 오랜 적막을 알리기 위해
어떤 스님 벌써 와서 달가의 종을 울리네.

空界散人 洪羲鈞
공계산인 홍희균

228) 미려尾閭 : 바다의 깊은 곳에 있어 물이 끊임없이 빠져나가는 구멍.
229) 용음龍吟 : 용의 울음소리. 거문고 또는 피리의 소리를 일컫기도 한다. ○복로伏爐 : 숨은 화로.

167. 재약산인 해도海島 거사 시

萬像本空那箇容　　盲人白晝又加笻
爾自無心水自流　　一楓淸風尺去峰
山盡路窮欲問處　　鶴飛長天但孤松
三更月照草堂閒　　口誦西方擊梵鍾

만상萬像은 본래 공한데 어떤 것이 너의 면목인가?
눈먼 사람은 대낮인데도 지팡이 또 더하였네.
너는 스스로 무심하고 물도 저절로 흐르는데
문지방을 지난 청풍은 잠시만에 봉우리로 불어오네.
산과 길 다한 곳이 어디냐?고 물으려 하였더니
학은 장천長天에 날아가고 외론 소나무만 남았네.
야반 삼경에 달빛 비치는 초당草堂은 한가한데
서방 아미타불 외우면서 범종을 치는구나.

載藥山人 海島居士
재약산인 해도거사

168. 일우一愚 이진우李珍雨 선사 시

金剛山下步從容　　如有仙人住錫筇
新名遠聞三千界　　峻勢登難十二峰
溪水聲中磨白石　　雲霞影裏舞蒼松
欲問禪師當日事　　諸天寂寂自鳴鐘

신금강 산 아래 걸음걸이 조용함이여
어떤 신선이 지팡이 짚고 머무는 것 같구나
신금강이란 명성은 멀리 삼천세계에 퍼졌고
험준한 산세는 (巫山의) 열두 봉우리보다 오르기 어렵다네.[230]
계곡물 소리 들으며 하도 문질러서 하얀 바위 되었고
구름 끼고 노을 그림자에 푸른 소나무 춤추는 듯.
경봉鏡峰선사의 요즘 일을 물으려 하는가?
저 하늘은 고요하고 고요한데 종소리 저절로 울리네.

一愚 李珍雨 稿
일우[231] 이진우 고

230) 십이봉十二峰 : 십이봉 중에는 무산십이봉(巫山十二峰, 경남 진양군 명석면 용산리 소재)이 유명한데 이는 본래 중국 重慶市 巫山县 长江三峡 巫峡 青石 巫山 十二峰에서 유래한다. 열두 개의 봉우리가 첩첩하여 아름다운 모습을 띠므로 천성산도 그런 조건을 충족하였다는 뜻.(역자주)
231) 일우선사(一愚, 1918-1989) : 행적 미상하며 방장이나 조실은 물론 주지를 한 적

重慶市 巫山县 长江三峡 巫峡 青石 巫山十二峰 飛鳳峰 景区

없고, 법문도 남긴 게 없다. 경남 진영 출생, 법주사 지산智山에게 출가하여 선어록을 탐독하고, 좌선만 고집하지 않는다. 그는 석 달간 한 숨도 자지 않는 정진력과 집중력을 지녔다. 제자로는 정광淨光스님(63), 현기玄機스님(63), 정원스님(53) 등이 있다.(통도사지, 불교신문 한겨레신문)

巫山縣 长江三峡 巫峡 孫家湾 巫山十二峰 : 朝雲峰 景区

169. 조계산 향봉香峰 선사 시

偉哉千聖說難容　　幾使淸踪住法笻
古洞深藏聾隱世　　宿雲晏罷瞥晴峰
鵬圖久劃扶遙路　　鶴夢長閒內院松
誰識斯間眞實意　　時聞靜磵伴踈鐘

위대하여라! 천분 성인 모습은 말로 형용하기 어려운데
몇 사람이나 맑은 자취 속에 법주장자 머물렀던가?
옛 동천은 세상 등지고 숨은 선비를 깊이 감추는데
잠자던 구름은 어느덧 비 갠 봉우리를 편안히 놓아주네!
붕鵬새는 먼 길 동무하려고 오랜 계획을 세웠고
학鶴은 내원사 소나무 되는 한가한 꿈을 꾸네!
누가 알리요, 이 중간에 진실한 뜻 있는 줄을
때때로 고요한 시냇물에 성근 종소리와 벗삼아 들려오네!

曹溪山 頭陀 香峰
조계산 두타 향봉232)

232) 향봉향눌(香峰香訥, 1901~1983) : 조계산 송광사 스님. 石頭 禪師의 제자. 제방에서 정진하다가 방장 구산九山스님의 권유로 송광사로 돌아온 향봉스님은 병마와 싸우면서도 수행자의 위의를 잃지 않았다. 曉峰선사의 師弟. 저서로《운수산고雲水散稿》가 있다.

170. 석초石樵 박중호朴仲昊거사 시

金剛妙景幻千容　　修道先師卜一笻
瀑聲動地河延石　　山勢浮天月掛峰
世念消時人作佛　　仙緣深處鶴睡松
丹霞碧澗白雲裡　　夜臥禪窓但聽鍾

신금강의 묘한 경치는 마술 부려 천의 얼굴 되더니
도 닦던 선대 스님은 지팡이로 점치는 듯.
폭포 소리는 땅 흔들고 강물은 바위 끌어오니
산 기운은 하늘로 뜨고 달은 봉우리에 걸렸네.
세속 망념 사라지면 사람은 부처가 될 것이요
선경仙境 인연 깊은 곳에 학은 솔숲에서 잠드네.
붉은 노을 푸른 시내는 흰 구름 속에 보일 듯 말듯
한밤중 선창禪窓에 누워 종소리 홀로 들으리라.

梁山郡 下北面 白鹿里 石樵 朴仲昊 謹稿
양산군 하북면 백록리 석초 박중호 근고

171. 축산학인 청운명환清雲明煥 선사 시

金剛妙境難爲容　　幾人行道住錫筇
石轉水流淸淨處　　風微雲捲巨靈峰
是是非非飛山外　　粥粥飯飯伴竹松
飽聞法喜禪悅食　　却忘歸路報晨鍾

신금강 미묘한 경계 형용키 어려운데
몇 사람이나 도 닦으려 지팡이 머물렀나?
바위 굴리던 계곡물은 청정도량으로 흐르더니
바람 자고 구름 걷히니 신령한 봉우리 더 커졌네.
옳고 그른 일들은 산 밖으로 날려 버리고
죽이면 죽 밥이면 밥 송죽松竹으로 벗 삼아 공부하리.
넉넉히 들었던 법희와 선열로 밥을 삼았더니
돌아갈 길 잊으라고 새벽 종소리로 알려주네.

鷲山學人 淸雲明煥
축산학인 청운명환[233]

233) 정명환(鄭明煥, -?) : 통도사 스님, 선원수좌. 1월 4일 청도군淸道郡 운문사雲門寺 정명환鄭明煥 拜上이라 적고 극락암 경봉스님께 쓴 편지가 있다. 편지본문에서는 본인을 정청운鄭青雲으로 칭하였다. 《불교지》 제65호 기사에 大正13년(1924년) 10月5日에도 행적이 보인다. 그 외 생몰년 및 행적미상(불교기록문화유산 아카이브 자료)

편집후기

이번《신금강 내원사 시선詩選》발간을 준비하면서 세계문화유산으로 등재된 영축산靈鷲山 도량과 신금강新金剛으로 일컬었던 영산靈山 천성산千聖山은 통도사의 성해문손聖海門孫인 우리들이 반드시 지키고 가꾸어야 할 최고 최상의 도량임을 알게 되었습니다. 이런 훌륭한 문화유산을 간직한 영축산 통도사를 만대에 유전遺傳할 사명감이 편집하면서 가슴에 벅차올랐습니다. 1920-1930년대 이 시집을 기획하신 경봉대선사도 그런 마음이 아니었을까요! 그 시대의 승속을 막론하고 시를 통해 영축산과 천성산 또 금강산을 주제로 자연을 노래하고 부처님의 깨달음이 위대함을 읊은 이 시선집이 소중한 이유일 것입니다.

더욱이 서문序文은 통도사 대율사 해담海曇 큰스님과 강성찬姜性燦스님이 쓰셨는데 두 분이 모두 당시當時의 통도사 대강백大講白이었던 것으로 사료됩니다. 총 171수의 시를 지은 분들은 통도사 스님은 해담스님을 비롯한 36분, 건봉사 12분, 안정사 관룡사 스님 18분 등 총 66분, 거사님은 한영렬韓榮烈 장지연張志淵 등 105분이었는데, 이 가운데 신원미상이 70여분 되는데 스님이 8분, 거사가 61분이니 앞으로도 추가적인 연구가 더욱 필요하리라 생각됩니다.

본래 이 시집은 구하九河 경봉鏡峰 두 거인의 친필親筆과 작자 미상 스님의 필적筆跡으로 170수를 써놓은 책자가 재가불자 오현주와 구참久參 월문月門선사가 소장所藏하고 있다가 통도사 성보박물관에 기증한 것은 2015년의 일이었는데, 극락암 감원스님의 요청에 의해 번역을 시작하기로 하였는데, 더욱이 중봉성파中峰性坡 종정예하께서 큰 관심을 보이시면서 좀더 다듬어보라고 하명下命하였습니다. 또한 처음 출간의 계기는 근세 선지식 경봉선사의 열반 41주기週忌 기념으로 한글번역을 시도하였는데, 좀더 확실한 고증考證을 위해 서두르지 않고 현세現世의 대강백이신 불국사 대학원장 일해덕민一海德旻 화상께 의뢰하여 문장을 더욱 다듬었습니다.

이번 일을 계기로 구하 경봉 양대 선사의 유묵遺墨과 아울러 천성산 내원사를 신新 금강산으로 불렀던 옛 정취情趣를 감상하는 좋은 인연으로 삼으려 합니다. 또한 이번 시집 번역과 고증考證에 전 통도사지 편찬실장 남현南賢스님, 지상智象스님 등 여러 스님과 또 신용철 양산시립박물관장께서 도움을 주셨고, 이번 출간의 전 과정에는 산중노덕山中老德이신 원명圓明 대종사와 문도회장 원산圓山 대화상大和尚의 배려와 극락암 감원監院 관행觀行스님의 주도主導로 발간됨을 알려드립니다.

불기 2568년(2024년) 봄

영축총림 통도사후학 서봉반산 삼가 쓰다.